[醫療]
MEDICAL
[人文]

最美的醫療人文3

愛——在
COVID 蔓延時

目錄

第四部 心蓮綻放 馨香滿溢

第五部 讓愛延續 生死無憾

推薦序

守志奉道 莫忘初衷

釋證嚴．佛教慈濟基金會創辦人

想當初為了一念悲心，不捨貧苦眾生，在花蓮、臺東偏鄉，病人經常為了重病，一個家庭必須遠赴臺北或高雄就醫，有時整個家庭就此破碎無依。因此我在四十年前，決心要在花蓮興建一座醫院。期望這座醫院，有醫術高明的醫師，以及充滿愛心的護理師。他們呵護著病人，就如同照顧他們的家人一般，讓病苦眾生能夠得到關懷與照護。

如今三十七年過去了，慈濟醫院也從花蓮一家兩百五十床的小醫院，發展成為包括臺北、臺中、大林四家大醫院，以及玉里、關山、斗六和三義四家小醫院及嘉義診所。醫院不分大小，每一座醫院都建立在缺乏醫療的地方，肩負起責任照顧那個區域的民眾。

想當年，花蓮慈濟醫院蓋起來了。然而，有了醫院，去哪裡找醫師？有幸四十年前，臺大醫院有許多充滿愛心的教授們，應允前來花蓮支援，並且派遣他們的子弟兵，在醫院營運初期，能夠順利啟業，奠定花蓮慈院將來成為醫學中心的基礎。有了初期支援的醫師，但是真正長期留下來，打造慈濟梁柱的醫師，卻沒有幾個。真正能夠留在偏鄉、視病猶親的好醫師，真的很難找。

護理人員的頻繁異動，也令證嚴十分擔心。所以花蓮慈院建院初期，便下決心，一定要蓋一所護理學校，乃至於醫學院，要培養自己的醫師與護士。不能讓這座醫院有病床，卻沒有醫師、護理師。因此在花蓮慈院啟業三年後，就創辦慈濟護理專科學校（現為慈濟科技大學），培養自己的護理人員。

然而，當年教育部認為臺灣的醫師人力已經飽和，不需要再設醫學院。幸好經過我們極力爭取，教育部勉強同意由各大醫學院撥給慈濟五十名醫學系學生的名額，讓我們可以在醫療教育荒漠的東臺灣，開始培養醫師。繼之開啟慈濟的醫療教育志業；慈濟的教育是為醫療而生，而慈濟的醫療，正是為了救助貧病眾生而設的。這就是慈濟醫療人文的緣起。

我常常說醫療人文是要做出來的，而不是用說的。即便醫學生、護理學生上了一百小時醫學人文的課程，他們可能還是無法理解要怎麼做，才能夠視病猶親，才能夠讓病人感動？其實醫療人文存在每一個人的內心，展現出來的，是在你的肢體、語言和行動中。有時候在醫療行為中，一個不經意的小動作，就會充分展現醫療人文的精神。

在花蓮慈院創院初期，看到骨科陳英和院長，親自推著病床，送病人去做檢查。因為他捨不得讓病人在等待輸送阿姨的時間挨餓受凍、內心不安。因此，他挽起袖子，推著病人去做檢查。有一位腎臟科醫師幫病人洗腎之後，看到病人孱弱地走出洗腎室。他擔心病人身體不適，查到病人家裡的住址，下班之後，騎著摩托車，親自去病人家裡探望。當看到病人很自在的在家吃晚餐，他才放心回家。我們也看到泌尿部郭漢崇主任，在照顧一位住院的阿嬤，因為阿嬤肛門肌肉鬆弛，下床時幾顆硬便突然間掉落地上。這位病人是位非常拘謹的人，看到自己的糞便在醫生面前掉出來，覺得十分難堪！但是郭主任一點都沒有在意，順手拿起桌上的衛生紙，就把那兩顆糞便拎了起來，丟到馬桶沖下去。轉頭跟這位阿嬤說：「您看，一點都沒有弄髒地板呢！」他拍拍阿嬤的肩膀，讓阿嬤感到既感動又溫馨。這些發生在醫院的日常，都是慈濟醫療人文的極致，但卻是發自內心，絲毫不做作，讓受照顧的病患，感受到極大的溫暖。

在慈濟各大醫院的每一個角落，類似的感人故事，不時地在發生，也不時的在流傳著。我們有許許多多的醫師跟護理，沒有老師教，但是他們在充滿醫療人文的慈濟世界中，自然而然地感受到那一份來自內心的感動，不自覺地融入腦際，化成具有醫療人文的行動。在這種氛圍中，他們不自覺地讓自己在幫病人換藥、拆線的時候，動作非常的輕柔，一面換藥還一面問阿嬤說：「傷口會痛嗎？稍微忍耐一下，馬上就好。」在幫病人插尿管的時候，也跟阿公說：「馬上就好了喔，你放輕鬆，慢慢的呼吸，不要緊張。」這些輕微的動作、安撫人心的話語，其實都不用教、不用學，而是在這個環境中很自然形成的。所以，只要老師對病人好，學生自然就會跟著學，這就是醫療人文醫學教育的極致啊！

疫情中的醫病情

二〇一九年底爆發新冠肺炎，三年多來肆虐全球。不只帶走百萬人的生命，也讓很多醫護人員因此染病、往生，這是一場世紀的瘟疫，但是從瘟疫當中，我們也看到濃濃的醫病情。照顧新冠肺炎的醫護人員，包著密不透風的防護衣，全身濕透地在隔離病房照顧病人。他們累了，沒有辦法回家，就窩在病房的角落休息。他們脫掉悶熱的防護衣，拿下N95口罩，那臉上的束帶刻痕，正是他們用心的印記。那全身汗水濕透的衣服，也是他們全心熱情的充分展現。許許多多的新冠肺炎病人湧進台北慈院、台中慈院、大林慈院，我們看到醫護人員奮不顧身地照護這些染疫的病人，對於不幸臨終的人，一樣幫他們做最後的關懷照護。對於輕症者，無微不至的照顧他們的身體以及心靈。這都是在新冠瘟疫蔓延之時，在醫院各個角落所看到的景象，也正是我們慈濟醫療人文最極致的展現。

慈濟醫院的醫療人員在這個充滿醫療人文的道場，無形中吸收了法，改變了習性。他們變得輕聲細語、態度柔和，他們對病患呵護備至，如同家人；看到這樣的情景，著實令我感動啊！

六年前，郭漢崇副執行長在林俊龍執行長的帶領下，在醫療志業肩負起醫療學術發展的重任。他除了擘劃各種研究計畫、跨科整合計畫，以及慈濟醫療特色的發展中心之外，更將醫學人文融入學術發展中。三年前，郭副執行長便開始推動最美的醫療人文徵文；從慈濟醫療志業的各個角落，除了醫護之外，還包括志工、各志業體的同仁，大家將自己所看到的、親身體驗到的、或是在醫院各個角落所發生的感人事蹟寫下來。每一個故事都透過我們的眼睛跟手指，把它寫下來，流傳下去，成為一篇篇慈濟最美的醫療人文。過去兩年間，已有數百篇最美的醫療人文故事留存下來。醫療法人除了將這些故事編撰成冊，加入慈濟醫療人文的大藏經之外，經評審得獎的作品，也在慈濟醫學年會現場與大家分享，讓整個醫學年會，除了專業醫學之外，還增添醫療人文的感人氛圍。這正是我們慈濟有別於其他醫學中心不同的地方。

當年，師父創辦花蓮慈濟醫院時，便決心將來所有的慈濟醫院都要蓋在醫療缺乏的地方，也是為了照顧偏遠地區無醫可靠的眾生。而慈濟醫院有別於其他醫學中心的，就是除了照顧病人的病苦之外，還要膚慰他們的心靈。讓他們在慈院就醫時，可以安心地把病痛交給醫護人員。三十七年過去了，我也相信，在許多醫護人員的努力，和無數志工的協助下，慈濟醫院已是充溢著醫療人文氛圍的醫院，更成為臺灣甚至是國際醫界的一股清流。在慈濟所屬的醫院，我們嗅不到任何利益的味道，空氣中只有溫暖清新的人文氣息。這就是我所希望的啊！醫院即道場，在醫院裡，我們無時不刻都在修行。其實佛法即人心，佛法就在我們的日常工作中；只要一切的醫療過程，充滿愛心、關心跟耐心，我們即是佛法的實踐者。

我感恩，郭副執行長一直在我身邊，與大家共同努力打造一個充滿人文、充滿愛的慈濟世界。記得在三十五年前，郭副執行長前來精舍跟我報告，想要創辦慈濟醫學雜誌。我除了祝福跟支持之外，還寫了幾句話勉勵郭副執行長，未來可以與所有的醫療同仁，共同打造一個不一樣的慈濟醫學世界。那就是：

好醫師，是病患者心中的活佛

好護理，是病患者心中的菩薩

願慈濟世界即成此人間佛菩薩的淨土

現在看起來，我們確實已經走在這一條正確的道路上。

推薦序

最美人文典範

林靜憪（碧玉）．佛教慈濟慈善事業基金會副總執行長

襲捲全球的COVID-19疫情已進入尾聲，各國邊境紛紛解封，尤記得二〇二〇年一月十八日在福建順昌縣，唯因二〇一九年夏季水患，造成重大災情，災民屋毀、無家可歸，經本會勘災後，決定為災民重建家園，為讓災民們回家過年，歷經半年的努力順利完工，因此專程前往辦理移交贈屋儀式。

是日，天冷約四度飄毛毛細雨，在戶外舉辦贈送儀式，感恩龍天護法護持，儀式開始立即送來暖陽，尤其陪同災民們，打開新家大門的那

一剎那，災民臉上喜上眉梢的神情，令人難忘。隨後直奔福州機場飛回臺北，可能因節氣交替，返臺後咳嗽不止，當時未經證實的網路訊息不斷流傳，大陸好像正流行類SARS病毒，家人們關心我是否被感染了？我有信心，當然不是。

豈知，沒有幾天，武漢疫情真的爆發了，在大陸蘇州的慈濟基金會，立即展開購買防疫物資之救援行動，但物資採購遇到缺貨的困難，如何協助搶救與保護生命，怎麼辦？心急災疫難言喻。

在臺灣的本會，亦是心急如焚，全球慈濟人聞疫動員採買與輸送到大陸武漢。回憶那一段，不眠不休夜以繼日，埋首向全球發出採購口罩與防疫等物資的艱難。但買到了，卻面臨各國航線一班班關閉，於是乎運輸又成一大挑戰。

意想不到，瞬間美國傳出疫情，旋即病毒快速蔓延全球，回顧在精舍每天為採購、輸送物資到全球的煎熬，那一刻幾乎是舉世哀哀，幸有證嚴上人引領，安住願力茹素護生全球。

臺灣防疫網做得很好，臺灣民眾防疫敏感度高，個個自己努力築起防疫網，但，再綿密卻還是無法網住極微小病毒感染，於是乎，臺灣疫情大爆發。

非常感恩慈濟醫療志業院長們，個個都是證嚴上人好弟子，勇於承擔搶救生命的使命，尤記得疫情瞬間衝上高峰，人人不知如何面對的當下，只要衛生主管部門拋出有確診病人，需要醫院承接，慈濟會立即回應：「我接、我接、我願意……」，這在當時談疫色變的氛圍中，不啻給了主管部門一劑強心針，更給了醫界一股最重要安定的力量。

慈濟醫療志業以病人為中心的理念，同仁們視病如親，以病為師，塑造出視病如己之家風，培養出面對疫情心雖有所懼，但以戒慎虔誠之心勇於承擔。佛曰：人面對危機「棄命必死難」，但同仁們面對超級病毒，甘冒生死赴疫場，尤其憶念家人，及幼小子女的呼喚，愛別離苦的煎熬，豈是我們所能度量的。真了不起啊！

自二〇一七年起，郭漢崇副執行長用心擘劃，年年舉辦慈濟醫學年會，讓分布北中南東院區同仁們，得以將年年臨床、研究、教學成果及特色，透過年會相互學習，更因上人期待除了醫療專業外，慈濟醫療最具特色的人文，是否可鼓勵同仁們，將自身實踐於醫病間互動的愛，撰寫成文字，更盼年年彙整成冊，既可為慈濟醫療留史，亦可供未來代代學習與傳承典藏，因此有最美醫療人文徵文比賽，如今已是第四年了。

二〇二二年最美醫療人文的狀元，是台北慈濟醫院腎臟科王奕淳醫師，他非常誠實的表述，擔心疫情來襲，被派第一線的憂懼。卻從莊子「心齋」中，「若一志，聽之於心、聽之於氣、虛之以待」學得靜定，文中細述父親從小的身教，緊接驚慌父親的確診，又需披上戰鎧上戰場，內外煎逼，所照顧的病房，病患與家屬間親情的流露，憐惜著深夜等著要做PCR的民眾還大排長龍，憐惜著母女、母子間面對疾病的至情，尤其照顧百歲阿嬤痊癒，是何等令人敬佩。

可是當他脫下戰甲回到家，確診的家人，病危的病患，密不透風喘不過氣來的感覺湧上心頭，臨睡前，茫然不知生命何價？幸得天真的女兒問他：「爸爸你眼中有我耶！」他驚醒過來，是啊！我的眼中亦有女兒身影，喚醒他活下去的魂。拜讀至此，心有戚戚焉！

不由想起，當年莊子與惠子問論辯，惠子曰：子非魚安知魚之樂。類其思維，子非醫事人員安知醫事臨死生之憂？是的，既憂病患死生，更憂至親之懼，吾不是不懼也，而是使命驅使，以病人為優先，死生何懼耶！但，也有懼啊！

台中慈濟醫院心導管室陳佛恩專科護理師的〈起錨之後〉，奪得本年度第二名，文章從原本計畫，先探望外婆後，歡慶結婚十五週年來破題，哪知道看到外婆時，好似昏睡不醒，運用專業診斷，發現需緊急送醫，親情使然放棄紀念日，本篇文章有回溯照顧病患之心情。以及從中學習到的專業，巧妙的扣入照顧專業經驗與親情交疊，外婆病情起伏，媽媽的心情亦隨境而動，插不插管？不只是自己媽媽，過去照顧的病患，面臨的與外婆是如此相同，其中哲理深深，尤其他懂得鼓勵自己「沒有永遠的逆境，允許困難，但不允許在自己停留在懊悔裡」。

從大林慈濟醫院劍興師兄以〈那些鋼板上肩的日子〉為題，所分享的面對疫情點滴，大林慈濟醫院是嘉義縣衛生局的模範生，所收的病患不只來自嘉義，更擴大到當時從北區，北病南送的病患，在護理人員相對不足情況下，其壓力不亞於北部的緊張；另有台北慈濟醫院護理師，闡述為何選擇回慈濟工作，是因為「全心全意為病人付出，不會被嘲笑為病人做太多」；關山慈濟醫院宜雯護理師的〈小醫院，大希望〉，亦有安寧照顧伴病患最後一哩路，還有陪伴遠從阿根廷而來的病患，也有為病患辦畫展的心意，當病患記得您的聲音，給琬詳副主任的感動與震撼，加上年年獲獎不缺席的紹盈醫師，寫給孩子們認識世紀傳染病的一封信，深具教育性。今年篇篇文章專業中有人文，篇篇發自內心的省思，令人感動。

回顧，三年多以來，艱困面對疫情期間，證嚴上人一直以無比堅定的毅力帶領著慈濟人，關注疫情全力協助防疫，購買疫苗推動抗疫工作。為加大照顧弱勢族群及貧困家庭生活，在全球幾乎封閉邊界鎖國的政策下，更加想方設法借力使力，輸送物資前往一百二十八個國家地區濟助貧困所需。

在醫療方面，證嚴上人更是日日連線鼓勵，帶領醫療志業同仁，勇敢披上戰甲搶救生命，卻又關懷同仁安危及關懷病患生命，其心力之煎熬，令隨師在側的我們更加鼓起勇氣向前行。

尤其上人亟思尋求防疫解方之道，引領花蓮慈濟醫療團隊，研發防疫淨斯本草飲。林欣榮院長依教奉行，帶領團隊每星期三的實驗室報告，是上人最最企盼時刻，期待能帶給大眾多一份保護的力量，這一切的一切都是引領著我們善盡社會責任，善盡個個專業的本分，尤其是發揮人類最最自然的愛，我們豈能不努力學習。

無限感恩同仁們，您們做到了，您們真心，日日無私，以病人為中心在臨床上付出愛，所以經常看到病患感恩的笑容。期待大家能將日日愛病人的如常，能盡力化成文字，成為全球醫學界最美人文典範！是我們共同努力的目標。加油！

推薦序

難忘他們的堅毅身影

林俊龍・慈濟醫療法人執行長

五十一年前（一九七二年），證嚴上人在花蓮仁愛街創辦「慈濟功德會附設貧民施醫義診所」，開啟了慈濟醫療志業之路。五十一年後的今天，閱讀「最美醫療人文」第三屆的獲獎及投稿作品《愛在COVID蔓延時》，心中充滿感恩。每一篇都是真實發生在慈濟醫療體系的故事，也看到我們的同仁與志工，將上人「守護生命・守護健康・守護愛」的使命，發揮得淋漓盡致，特別是在疫情延燒的這三年。

猶記得二〇二一年五月，疫情如驚濤駭浪般席捲了臺灣，當時慈濟的七家醫院及一家診所全都投入篩檢、施打疫苗的行列，台北慈院更曾一度成為全臺收治最多Covid-19確診病人的醫院，而在臺中、大林的兩家慈濟醫院也都勇於承擔，是疫情爆發初期在當地收治最多確診者的醫院。他們如果不是心中有使命、有願力，怎麼會不顧自身安危，勇敢披上防護戰袍，日日夜夜的守護在隔離病房呢！

每家醫院的隔離病房都有許多醫護同仁輪值，裡頭也有許多年輕的媽媽或爸爸，他們在專責病房裡輪值多久，就有多久沒有回家（住在醫院提供的宿舍）。

有好些醫護媽媽、甚至爸爸，透過手機跟自己的孩子視訊時，忍不住落淚了。「媽媽，我很想妳，妳什麼時候才要回家？為什麼妳去打病毒打了這麼久……」孩子哭、媽媽也跟著掉淚。

他們照顧的有確診孕婦、嬰幼兒、百歲長者、語言不通的外籍移工，到精神疾患、失智長輩等形形色色的病人，儘管病情、形勢都非常險峻，但是因為有愛，他們挺過來了。他們不畏病險、伸出雙臂擁抱或恐慌、或哭泣的病人，甚至還幫隔離中的病人洗澡洗頭。還有好些醫護、社工等，自掏腰包，幫病人加菜、買玩具給小病人，每每想到他們堅毅的身影，都無比敬佩與感恩。

蔬食與防疫

這場世紀大災難，也讓我們看到人類與地球上的許多動物、生物都是共生的，也就是上人經常說的「生命共同體」。過去，我們井水不犯河水，但是人類一旦侵犯了動物的領域，動物身上的病毒便伺機而動，因此，保護自然環境、不要養牠、吃牠，會成為愛地球也愛生命的絕佳選擇。

其實已有許多醫學研究發現，素食能降低身體發炎指數、增加抵抗力，較不易遭受病毒或細菌的感染。此外，二〇二一年一篇刊登於《英國醫學期刊營養、預防與健康》（*BMJ Nutrition, Prevention & Health*）的論文，證實素食可以讓新冠肺炎病人轉為重症的風險降低約百分之七十三。

我自己茹素超過三十餘年，我與慈濟醫療團隊長年研究、發表了二十幾篇有關素食營養的學術論文，深切體會到素食的好處。在我們的臨床研究中發現，健康蔬食可以降低癌症、心血管疾病、膽固醇和膽結石、糖尿病、憂鬱症和肥胖症等嚴重疾病的罹患率。當然，也就降低了健保的醫療支出。

如今，疫情趨緩，但世紀疫病的課題猶在，虔誠祈願我們能多多茹素，它對身體好、對地球好，也對心靈好。更祈願慈濟醫療體系八家醫院、一家診所的同仁們彼此共勉、莫忘初衷：秉持「把幸福美滿、快樂留給病人；把問題、困難及責任由我們來承擔」的理念，永遠都要把病人擺在第一位，讓我們持續點燃「最美醫療人文」的神聖使命，讓慈濟醫療志業兼具專業與人文，能成為世上最有溫度也最美的醫療風景。

推薦序

無所不在的醫療人文

郭漢崇・慈濟醫療法人副執行長

歷經三年的新冠肺炎，打亂了整個世界的秩序，也讓人被隔離成確診與無確診兩個族群。家人之間在確診的一星期中無法接觸，甚至必須要分開居住，不得相見。然而，只有在醫院裡面，醫護人員面對確診的病患，卻一如往常的繼續醫療的工作。差別在於醫護人員必須要重裝備，穿著防護衣，密不通風，汗流浹背，但是那份對病人的關心，卻永不止息。

在醫院裡面，新冠肺炎無疑地串接了醫護與病人之間更為密切的連結。也因此，在全世界每一個醫院、每一個角落，也有著無限多的故事，訴說著醫護人員用心的照護病人，甚至染疫、生病、死亡，卻毫無畏懼。一心只想要去救治確診的病人，再怎麼危險，總有醫護同仁願意挺身而出，把病人從鬼門關前拉回來。這真是人性的考驗，也是人性光明面的呈現。

在這第三屆最美醫療人文徵文比賽中的前幾名文章裡，我們就看到了詳細描繪醫病之間，因為新冠肺炎所產生的故事。這些故事無所不在，在病房裡、在急診室、在開刀房、在醫院的每一個角落，都可以看到醫護人員努力留下的汗水，也看到他們疲憊身影所留下來的點點痕跡，這就是最美的醫療人文。這些醫療人文的故事，不只發生在慈濟醫院的各個角落，其實也發生在全世界每一個醫院的每一個角落。

每一位醫護人員都是有故事的人，因為醫療本身就是充滿感人的故事。每一個生老病死，對於當事者的病人而言，都是極其緊張與痛苦的過程。而醫護人員就扮演了支持、膚慰、救治的角色。因此在醫療行為的過程當中，任何一個動作，任何一個環節，都是有故事的。只要我們用心的去照顧病人，用心的去體會每一個醫療的環節，自然就會有故事產生。

其實在本屆最美的醫療人文徵文得獎的這十七篇文章中，我們很不容易去比較哪一篇故事最感人？哪一篇故事寫得最好？因為，每一個故事都是一個醫療的歷程，都是每一位醫護人員親身體驗，所描繪出來的情節。慢慢的品嚐故事的內容，便能感受到了那份醫病情，也會覺得感動。對於故事給予不同的分數與獎勵都不重要，重要的是，這些故事讓我們體會到，在醫療這一個環境裡，我們隨時都有故事可以記錄下來，這就是歷史。

在本次獲獎入選的故事裡，我們可以分成五大部分。包括新冠肺炎三年來的戰役中所產生的一些故事；位於偏鄉醫護視病猶親的故事；在每個醫院角落所產生的醫病關係故事；對於臨終病人的關懷與照護，馨香滿溢的故事；以及那些對於病危者的照護與關心，內心激盪所引發的感觸。其實在醫療過程當中，醫護人員用愛與關懷，串起了人與人間的連結。也讓每一個醫療的過程當中，縱使無法完全把病人救回來，也無不充滿了感恩與感動。

身為醫護人員，平常照顧病人的時候，或許對於很多病痛，並沒有親身體驗，只有根據病人的口述與感覺去猜測，未必能夠真的視病如親。只有當自己的家人生病，看著他們受苦，看著他們往生，才能體會到病痛是多麼的無情與冷酷，而病人又是多麼的無助與期待。也只有當自己生病，經歷診斷時的恐懼，檢查與治療過程中的無奈，化療手術造成的苦痛，以及對未知的病情變化，才能夠真正了解當病人的焦慮與不安。也唯有自己身為病人，或是家人生病住院，接受治療手術後，一個醫護人員才真正的能夠成熟、成長，成為一個優質的醫療從業人員。因為這些疾病和苦痛，已經內化成為內心中真正的感覺。看到病人扎針時，會感受到針扎進自己皮肉造成的疼痛；幫病人換藥時，看到他皺著眉頭，才知道原來棉球擦在傷口上是多麼的刺痛；當腹脹無法排泄時，也才能感受到那些腸阻塞病人歷經的痛苦。而當自己虛弱無力時，才能夠體會到原來生病是多麼的辛苦。

最美的醫療人文，就是希望醫護人員都能夠從自己的病痛經驗，去體會病人的病痛。讓自己能夠成為視病如己，人飢己飢的感覺，這正是一個最高境界的醫療。也唯有自己痛過、苦過，如此才能讓我們在照護病人的時候，真正的達到憐惜病人，體會病人苦痛，進而盡一切力量，來減輕他們的病痛。這就是無所不在，最美的醫療人文。

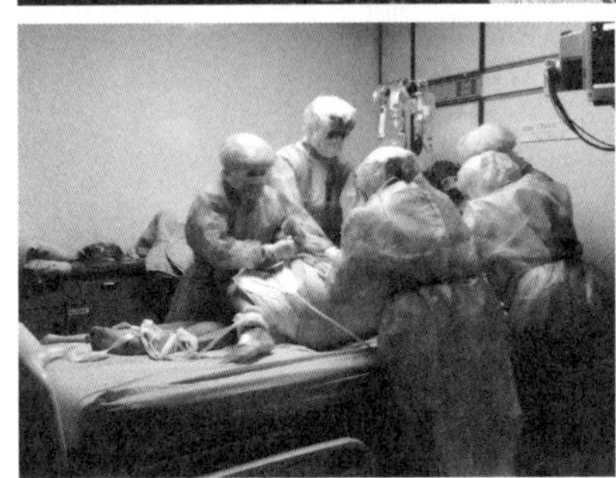

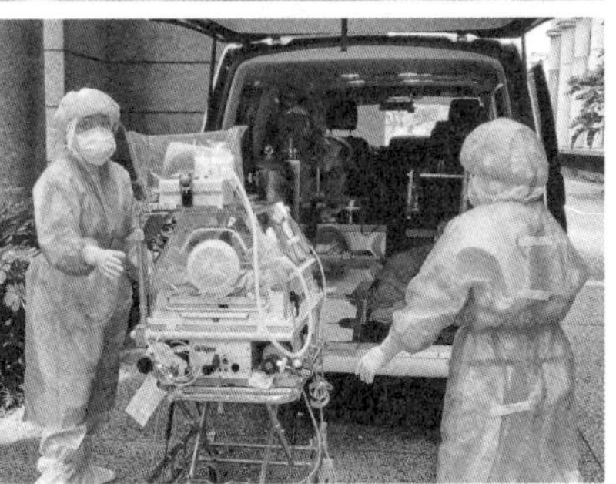

疫情期間，台北慈濟醫院曾一度成為全臺灣收治最多確診病人的醫院。他們不斷加開隔離病房；在加護病房裡搶救一個個確診病患；派駐許多醫護二十四小時駐守在加強版防疫旅館以照護確診者；還外接早產雙胞胎回院檢查與照護……等。

（圖／台北慈濟醫院提供）

第一部
披甲上陣 光榮戰疫

本文獲第三屆「最美的醫療人文」徵文比賽 第一名

當莊子坐上獨行俠的戰鬥機——12B病房抗疫週記

王奕淳．台北慈濟醫院腎臟科

疫情會再來嗎？染疫後可能會住到隔離病房嗎？擔任醫護人員可能會被派到第一線嗎？如果您回答「是！」，相信這篇文章對您是有用的。我是台北慈濟醫院的一個小醫師，一通來電，從原本的旁觀者，加入抗疫醫護團隊，在12B隔離病房治療確診病人，我們坐上獨行俠的戰鬥機，努力當一群「抗疫戰士」，承受壓力、度過危難、翱翔天際。

面對考驗，心很慌亂的時候，書桌前莊子的「心齋」映入眼簾：「若一志，無聽之以耳，而聽之以心，無聽之以心，而聽之以氣。聽止於耳，心止於符。氣也者，虛而待物者也。唯道集虛。虛者，心齋也。」我學習靜下心來，覺察現在發生了什麼事，我們怎麼面對。在此，我誠心的把面對疫情的心路歷程分享給12B病房醫護團隊，也分享給您。

第0週：禮物

想要送給孩子一個禮物，這個禮物用錢買不到，我自己也沒有，現在跟他講也聽不懂，也許過了二、三十年後，他看到了這篇文章，才會收到這份禮物吧？這份禮物的名字叫「勇氣」。

晚上我還在洗腎室上班，看著新聞報導的訊息，每天確診的數目已經從三萬增加到五萬，媽媽打給我說：「你等一下來幫我們做快篩，英文歌唱班的同學好多人確診，爸爸也開始咳嗽！」下班後，我把快篩棒插到他們的鼻腔深處轉圈，他們難過得打噴涕又流眼淚，爸爸快篩的結果出現兩條線，雖然我是醫護人員，也慌了手腳，戴著N95口罩，帶著爸爸到急診。現在疫情正在高峰，雖然已經晚上十一點，等著要做PCR的人還有五十公尺，昏暗的燈光照著樹梢葉子上的雨滴，媽媽哄著小嬰兒，白頭髮的老先生扶著老太太，插著鼻胃管的婆婆坐在輪椅上，霧氣茫茫的冷空氣裡，還是傳來很多隔著口罩用力咳嗽的聲音。隔天簡訊接到「Ct值15」，電話通知隔離病房已住滿，我陪爸爸慢慢走到醫院負責的檢疫所報到。

看著爸爸進去的背影，突然一個畫面閃到我的腦海，很小的時候，有一次我跟弟弟早上吵著不去上學，爸爸不管我們，騎著摩托車就去上班了，家裡只剩我跟弟弟還在玩玩具，沒想到過了十分鐘，又聽到爸爸的摩托車聲，我跟弟弟一邊好奇的問：「你不是去上班了，怎麼又回來了？」一邊不知不覺就坐上摩托車，到了幼兒園才想到，剛才一直好奇問問題，爸爸也天馬行空的回答，就忘記不去上學。印象中，爸爸從小到大沒有打過我們，也沒教我們功課，我們想做什麼也沒在管，過了這麼多年才發現，爸爸送給我們成長的禮物是「自由」。

疫情越來越嚴重，每天確診的數目已經從五萬增加到十萬，醫院的隔離病房越開越多，我有預感，總有一天會被派去幫忙。從小，我不是一個勇敢的人，還記得大學聯考前一天晚上，跑去跟媽媽說：「我有點緊張，借我在您旁邊睡一小時，我再回去自己的床上睡。」我的老婆懷兒子時，常常因為宮縮跑急診，兒子剛出生就被送到加護病房，還好後來很健康，但是準備上學參觀幼兒園的時候，他卻抱著我哭，不肯下來。在那一刻我知道，我錯了！從小我努力呵護他，卻給了太多擔心的能量，現在他需要勇氣，而父母能給的只有榜樣。沒多久，一通電話打來，內科洪部長對我說：「現在隔離病房越開越多，需要你去接手！」雖然擔心家人染疫的風險，我還是沒有遲疑的說：「OK！」

換裝進入隔離病房，洗手，戴第一層手套，穿拋棄式防水長筒鞋套，穿拋棄式防水性連身型防護衣，戴N95口罩，戴第二層手套，穿拋棄式防水圍裙，戴外科口罩，戴拋棄式防護面罩，戴髮帽，戴鞋套。我跟專師珮瑩換裝完畢，像太空人一樣進入隔離病房。每看一個病人，還要重新換外層的外科口罩、面罩、髮帽、鞋套。第一天早上進去查房，看完十七個素昧平生的病人，我的內衣不知道濕透了幾次，因為戴了太久的N95，呼吸費力，眼鏡也不斷起霧，不知道下午幾點，脫除隔離衣回到護理站。因為在隔離病房，不能帶病人名單，也不能帶筆進出，病人的問題，只能靠頭腦記住。

十七個病人有哪些慢性病史？打了幾次疫苗？什麼時候發病？什麼時候通報？PCR出來的Ct值多少？現在血氧濃度多少？用什麼濃度氧

氣治療？抗病毒藥物用了幾天？抗生素用了幾天？胸部X光片有沒有改善？抽血報告有沒有改善？今天病人說哪裡不舒服？已經隔離了幾天？什麼時候可以解除隔離？查房完，這些問題繞成一道道氣旋，我開的戰鬥機被捲在裡面，再不想辦法會墜機。

隔離病房上班的第一晚，輾轉難眠，半夜三點爬起來，把衛福部的新冠肺炎治療指引與UP TO DATE的文獻再複習一遍，想確定住院的病人該給的治療有沒有漏掉。輕症的病人可在門診開藥治療，有危險因子可使用口服抗病毒藥物Paxlovid，大幅下降住院或死亡的機率，應該盡量多使用。但是Paxlovid藥物的交互作用很多，而且腎功能很差的病人不能用，這時就要考慮另外一個口服抗病毒藥物Molnupiravir。中重症的病人有肺炎就需要住院，可使用針劑抗病毒藥物瑞德西韋、類固醇，以及單株抗體來降低死亡率。瑞德西韋腎功能很差時不能使用，洗腎病人卻可以使用，疑似腦炎要趕快使用。問題來了，有些住院的確診病人屬於輕症，但因為細菌感染或是心衰竭需要住院治療，搜尋國外的文獻，卻找不到住院病人接受口服抗病毒藥物的研究，也沒有比較 Paxlovid 與瑞德西韋療效的研究。

這時天空也漸漸亮了起來，突然有個頓悟，美國輕症沒機會住院，所以沒有研究報告，臺灣輕症住院當然可以使用 Paxlovid。這個禮拜，病人跟我的心願都是「好好活下去！」幸好，幾位輕症病人服用 Paxlovid 後，病情大幅改善，大部分中重症病人，接受瑞德西韋等藥物後，病情也慢慢好轉。如果發生病情惡化或是藥物副作用，我們就見招拆招，我慢慢跨過治療的學習曲線。

維克多是一位心理學家，熬過納粹集中營，發現人生最大的目標是追求意義，在他的著作有一段話：「在憂鬱至極的絕境下，人無法透過成就來實現自我，他唯一的成就正是要經得起極度苦難的考驗，在此逆境中，他依舊能夠藉著所愛的人，藉著冥想存在心中的摯愛的影像來實現自我。」

苦難的第一個星期結束了，接下來還有多久，我也不知道？睡覺前，我萬念俱灰地躺在床上，四歲的妹妹好奇的看著我的臉說：「爸爸！你的眼睛裡面有妹妹！」我愣了一下，仔細看一看說「真的！妳的眼睛裡面也有爸爸！」謝謝妳！妹妹，今晚，我找到活下去的意義！

第2週：看見

「嗶！嗶！……嗶！」「這裡是護理站，請問有什麼事嗎？」麗珠護理長按下對講機的通話鍵，接著用滑鼠把監視器17房的畫面放大。「咳！咳！咳！我是17房的陪病家屬，我今天早上發高燒，也咳得很厲害！」阿長說：「好，幫您掛視訊門診開藥，請把健保卡上傳到12B病房群組。」

像機場的塔臺，隔離病房有一個不一樣的工作：「控臺」。病人與家屬被隔離後，等於被關在房間裡。護理師穿著隔離衣發藥、打點滴、換傷口、發三餐。有些臥床插鼻胃管的病人，還要幫忙灌食、翻身，拍痰，處理大小便，一個人照顧好幾個，忙得不得了。病人或家屬如果臨時有什麼狀況，就會按病床上方的護士鈴，「控臺」可以看著監視器，用對講機了解狀況，聯絡護理師趕去處理。病人和家屬可以掃QR code，加入12B的病人群組留言發問，控臺會回覆留言，社工也看留言幫忙採買生活用品。

每天早上八點到九點，我都要參加醫院防疫會議，會後院長還會把專責醫師留下來討論病情。最近開會時，我變成低頭族，申請到醫院的平板後，我一早就從平板看病人今天的體溫、心跳、呼吸、血壓、血氧、抽血報告、Ct值、胸部X光。接下來，我就開始看12B病人群組留言，再一個一個回覆給病人。我人在開會時，藉著平板已經先溜去跟病人打招呼，講今天的報告結果，解決他們的疑惑。另一隻手機同時遙控專科護理師，開立各種檢查或出院手續。如果有需要也可以發送通話通知，跟病房或家裡的家屬通話解釋病情。今天院長會後討論時拜託我，多多照顧17床的百歲婆婆，還好我手握平板，可以馬上報告完整的病情現況。

進到17房，看到婆婆接受瑞德西韋後，病況漸漸穩定下來，我也放心不少。二姊是百歲婆婆的陪病家屬，之前在美國住了二十多年，一個人跑來臺灣照顧媽媽，但是確診後開始發燒，咳嗽喉嚨痛，吃不下還拉肚子，於是我們安排她跟婆婆在同一個病房住院，接受點滴及Paxlovid。

過了兩天，我去查房告訴二姊：「恭喜！婆婆和您的病情都改善很多，明天可以出院。」沒想到隔天我再來，二姊對我說：「Last night我擔心到頭髮都變白了！我的sister有cancer接受chemotherapy，I am still weak，很擔心沒有辦法afford照顧媽媽，也怕傳染給我的sister。」我跟她說「Sorry，I See！一定會讓您病情改善，沒有傳染力再回家！」她聽到這句話，真的鬆了一口氣，才笑得出來。二姊的話提醒了我，因為看不見口罩及太空裝裡面的表情，反而還需要多付出一些時間和關懷的語氣，才會知道病人背後的故事，讓人感覺有溫度。

日本修女渡邊和子，在她的書《在落地之處開花》裡曾經有這樣一段話：「在黑暗的深井底下，白天也可以看到頭頂上的星星，井越深，裡面越暗，星星就越能清楚地看見，甚至肉眼看不到的東西竟然也能夠看見。」我檢討自己，因為隔離病房的層層隔離，常常忘記了「同理心」。面對病人的需要，一開始我們看到（Look）聽到（Hear），然後認真看（Watch）仔細傾聽（Listen），接著靜下心去覺察（Mindfulness），就能「看見」（I See）。

ＣＰＲ！我穿著隔離衣，雙臂打直，雙手交叉努力往下壓，念著口訣：「一下，兩下……，然後默念一段祝福的話，換手！」我氣喘吁吁的問「19床九十六歲的婆婆剛才發生什麼事？」主護楊晏邊喘邊說：「一小時前，我去看病人呼吸、心跳、血氧都正常，剛剛外傭按護士鈴，我進來就發現婆婆倒在馬桶上，沒有呼吸，也沒有脈搏，我們把她抬到床上，開始ＣＰＲ，請阿長廣播綠色九號（急救）。」電擊器的畫面顯示ＰＥＡ（無脈搏心臟電氣活動），珮瑩、庭瑜、沛汝、宛庭輪流ＣＰＲ並且打強心針。住院醫師牧峻，聽到廣播，不害怕是隔離病房，也換裝衝進來幫忙。拿出插管壓克力罩及氣管內管，很快就插管成功，但是在插管的過程中，發現很多沒有消化的食物，大家的第一反應，會不會吃東西嗆到了？急救了三十分鐘，可是婆婆還是沒有脈搏。我走回護理站，準備打電話給婆婆的兒子，是不是考慮放棄急救？這時奇蹟出現了，大家不放棄一點機會，不間斷高品質的ＣＰＲ，婆婆重新恢復呼吸跟心跳，家屬也趕到病房。婆婆的兒子說：「你唔是給我講，我阿母穩定準備出院，外傭有傳影片給我，清早呷飯時攏好好？」我說：「發現婆婆倒在廁所，搶救時發現嘴巴裡很多食物，有可能吃東西嗆到了。」因為隔離中，家屬不能進去看婆婆，只能在病房外遠遠的目送婆婆轉送到加護病房。不知道12B團隊的其他人如何？大家從中午一直忙到傍晚，隔離衣裡的衣服不知道濕了幾次，也沒有吃飯，我想對大家說些什麼，但說不出一句話。

下班的時候，我買了晚餐回家，媽媽問：「你看起來越來越瘦，中午有沒有吃飯？」老婆也幫腔：「你越來越瘦，沒有人要站在你旁邊拍照，會顯得其他人很胖！」我說：「沒事啦！隔離病房有善心人士捐便當，菜色都很豐富，我有空會多吃一點。」「現在學校停課，我很難請假，謝謝你們照顧兩個孩子！」晚上老婆陪孩子們睡了，我甩手然後靜坐，讓心情平靜下來。

十年前當住院醫師最怕遇到急救，值班睡到半夜的時候，一通電話驚醒，就要趕去ＣＰＲ，很多病人搶救過後還是離開了，回到值班室，心情低落，也睡不著，除了沒能挽救病人的挫敗感，還有對死亡的恐懼。來到台北慈濟醫院後，某一次急救，突然轉了一個念頭，其實真的不需要給自己太大的壓力，這裡是上人為生病的人蓋的醫院，這麼多師兄師姊一起努力，幫忙醫護團隊，想給病人最好的照顧，病人遇到急救，除了身體的狀況，還有許多看不見的因緣，我只是一個平凡的小醫師，沒辦法全部了解。我心中默念「今天我在這裡急救，是代表上人跟所有師兄姊，還有醫護人員一起努力，我誠心的祈求菩薩保佑，病人可以在我們急救之後好起來，如果沒有，我們也盡力了，請菩薩保佑我們平安！」自從那次以後，每次急救ＣＰＲ，我總是心裡默念這段話，也常常看到病人轉危為安，至少，我們都盡力了！

「醫師，今天你十一點半要去臺北地方法院報到。」醫院的美崙律師打給我。我站在護理站拿起話筒，小小聲的回答：「我從來沒去過法院，請告訴我去哪裡報到。」在護理站門口，跟麗珠阿長揮一揮手，今天中午請假一下，她安慰著說：「上人教我們要誠正信實，你只是做你該做的事。」到一樓大廳，招了一部計程車，一邊看著窗外快速道路的河景，一邊回想整件事情的經過。

19床婆婆急救後隔天，麗珠阿長跟我說：「病床有裝監視器，回頭看病人急救前的影片，發現外傭欺負婆婆。婆婆自己吃得很慢，不知什麼原因，婆婆還沒有消化完，外傭就用湯匙把食物塞到她的嘴巴裡。婆婆都已經作嘔想吐了，她還繼續強迫餵飯，並且敲打婆婆的臉，很粗魯的把婆婆推在輪椅上，送進廁所裡。」

我想打電話通知家屬，但是醫院的美崙律師提醒我：「提供錄影帶給家屬，如果家屬提告，看到急救過程中有不完美的地方，我們也有可能從證人變成被告。」我傻傻的說：「我們都按照標準急救流程，不會有問題。Honesty is the best policy.」律師笑了，「好吧，我跟院長報告過，他也同意你這麼做，這件事也讓我學習不少。」

急救後這幾天，婆婆的家屬常常到加護病房外等待，因為婆婆狀況不好，全身插滿了各種管子，甚至還需要洗腎，他們已經簽署了不急救同意書，不想再有任何侵入性的治療，也準備好壽衣。我跟麗珠阿長一起去加護病房外，婆婆的女兒說：「我媽媽年紀這麼大了，她早就說想要離開，我們也不想追究婆婆急救的原因了。只是外傭跟我們說，她用輪椅推婆婆到廁所裡，婆婆突然嘴巴吐血，她到房間按鈴，護理人員超過三十分鐘才進來，婆婆就走了。」麗珠阿長馬上澄清，從按鈴到急救不到四分鐘，影像會說話。

護理站前，婆婆的家屬看著急救前的影像，看到一半，婆婆的兒子跟我說：「醫生！這裡可不可以開血壓藥，我有高血壓，我現在覺得心臟有點受不了。」然後突然跪在地上，一邊哭一邊向天空喊：「阿母，我對無起你！沒想到咱們對外傭這麼好，她竟然這樣對妳！聽人講有外勞會欺負老人，沒想到發生抵妳身上！」婆婆的兒子激動到在地上爬不起來，婆婆的女兒一直勸他：「你要堅強，我們還要處理媽媽的後事，還要去警察局，自己不能先倒了。」過了好一會兒，兒子終於能夠坐起來，慢慢的走回加護病房。當晚婆婆就走了，家屬也去警局作筆錄。

開庭了，我回答完檢察官的問題後，準備離開法院，現在醫院冷冷清清，法院還是像菜市場一樣，看來處理人的紛爭應該比疫情更難吧！搭上計程車，今天車窗外的陽光好刺眼，經過總統府，也經過凱達格蘭大道，行道樹的葉子被風吹起來，被陽光折射後閃閃發亮。疫情之後，好久沒有好好看看這座城市了。我做了一個決定，讓家屬傷心，讓我跑法院，讓外傭被告，但是讓醫護團隊不用背黑鍋，會不會有更好的選擇？生活中有太多是非，回到醫院之前，我想喊個暫停（Time out！），拿出手機跟耳機，聽一首楊培安的歌：「人生路一定有風也有雨，用淚水灌溉生命的勇氣，用希望化作風中的羽翼，讓夢帶走心中的憂鬱，你陪伴我穿越過高山和大海，我的心有你才會澎湃，我願意放棄所有堅持和驕傲，相信你因為相信愛。」

The End

確診的人數從每天十萬下降到五萬，爸爸順利痊癒了。隔離病房關了兩間，我這個小醫師也結束支援的任務，我覺得好像做了一場夢，也像看了一場電影。聖嚴法師說：「救苦救難的是菩薩，受苦受難的是大菩薩。」我衷心感謝在12B的藍胄進主任，麗珠阿長，專師珮瑩、家萱，護理師韻如、妏憶、沛汝、宛庭、庭瑜、楊晏、心蓓、珮涵、凱媛、思宇、怡琴、孟君、文琳。想跟19床往生的婆婆還有家屬說，我們盡力了，希望菩薩保佑您！想跟17床百歲婆婆、二姊還有所有出院的病人說，看到你們平安恢復健康，我們真的很開心，謝謝您讓我們有機會付出！我花了很多心力，把這段大疫情小醫師的歷程記錄下來，希望提供給您參考，也希望對人有幫助。

「昔者莊周夢為胡蝶，栩栩然胡蝶也，自喻適志與，不知周也。俄然覺，則蘧蘧然周也。不知周之夢為胡蝶與，胡蝶之夢為周與？」隔離病房關了，消毒之後，恢復一般病房，重新開放，我又有病人住在12B。戰鬥機完成任務，獨行俠開著自己的飛機，繼續在天空中畫出一條弧線。黑暗的隧道盡頭總是光明的，走出獨行俠的戲院，走進自己人生的電影院，戴上覺察的4D眼鏡，靜下心來，看著一幕幕的人生繼續上演。

起錨之後

本文獲第三屆「最美的醫療人文」徵文比賽 第二名

陳佛恩．台中慈濟醫院心臟內科／技術組／心導管室

「阿嬤！阿嬤，我是恩恩，你金驚醒！」我拍著外婆的肩膀用她熟悉的臺語大聲呼喚，她完全沒反應！

二〇二一年．十二月十二日

三十分鐘前，聽聞八十六歲的外婆跌倒了，我跟老公打算先去探望額頭縫了七針的外婆後再去慶祝十五週年紀念，和外婆一起同住的阿姨

跟我們說，外婆今天很好睡，從早上睡到現在晚餐時間都沒起床，我倒吸一口氣，拋下一頭霧水的阿姨迅速奔跑到外婆床邊，看著使用嘆式呼吸的外婆躺在床上，臉色蒼白，四肢末梢冰涼，瞬間想起我在加護病房照顧病人時，第一次遇到PEA的病人（Pulseless electrical activity，無脈搏電氣活動）。

我第一次遇到PEA的病人是個意識不清的阿伯，當時我年資尚淺，交班時看著只有50毫米汞柱的動脈血壓，得知家屬對阿伯臨終的看法是不再行CPR急救，留一口氣返家。整組的Leader學姊，也就是帶我的臨床導師巡視到阿伯這裡時，她看著血壓靠近阿伯，伸出食指和中指順著阿伯的喉結外側輕壓，輕輕地跟我說：「摸不到脈搏，PEA。」暗示我該去報告主治醫師和通知家屬……

當時臨床導師的動作，我歷歷在目且深受衝擊並銘記於心，看著叫不醒的外婆，我顫抖的伸出食指和中指順著外婆的喉結外側輕壓……並以眼角餘光瞄向兩乳頭中線預備作下一步動作……幸好有脈搏！管他幾週年紀念日，趕緊叫救護車送醫！

十二月十三日

送醫後的外婆仍意識不清，發燒、心搏數破百，血壓僅80毫米汞柱左右，使用升壓藥物，依舊是喟嘆式呼吸，尚無法確定跌倒頭部撞擊影響意識？還是敗血性休克影響意識？幫外婆翻身、拍背、換尿布、會陰部沖洗、鼻胃管灌食，這熟悉的手感，喚起身體的記憶……戰戰兢兢地推著外婆去做腦部電腦斷層的路上，我想起自己初來乍到加護病房的第一位病人。

我在加護病房的第一位病人，正好也是腦部意外和合併肺炎敗血症的老伯，「既然要做，就不要想困難」，從監測意識、生命徵象、呼吸型態、鼻胃管餵食技巧、翻身擺位、皮膚照顧、使用拍痰機排痰等基本照護技巧一切從零開始，當時只期待自己熟能生巧、漸入佳境，讓這些基本功像呼吸一樣自然。經過縝密的醫療照護，老伯的生命徵象也越來越穩定，脫離敗血症危機了！也想起好幾次推老伯由三樓加護病房去一樓執行腦部電腦斷層時，需梳整他身上繁雜眾多的管路、準備臨時緊急用的急救藥、癲癇的鎮靜藥物、裝置行動生理監視器才放心外出加護病房執行檢查，直到最後一次，老伯也因腦部不再惡化轉出加護病房，而我的臨床導師也在那一天放手讓我獨立臨床工作……那個時期的我只是把握時節因緣精進，磨練淬鍊自己的專業能力，要求自己到嶄新的境界讓職涯更完整，完全沒有想到這些扎實的基本功，有一天會幫助到我的家人……

十二月十四日

「為什麼要給媽插管？」

「不插管就是不救她！為什麼不插管？」

外婆雙肺浸潤，肋膜積水，呼吸越來越費力，呼吸衰竭，面臨是否要使用呼吸器、氣管內管的選擇，我媽和舅舅、阿姨在病房起爭執，互相拉扯……

「你們要想，如果阿嬤是清楚的她會怎麼選擇？」我把我媽拉開，邊跟他們說：「插管可能會幫助阿嬤渡過難關，但也可能她虛弱到離不開管子。」

阿姨說：「媽（指外婆）應該會不想插管吧……可是妳媽不放手，她不同意！」

我跟我媽說：「以前我跟阿嬤聊過這件事，她說她要輕鬆的走，如果只是拖延她就不要這些東西……」

我媽才把手放下來，眼眶泛紅地走到病房外……

我很習慣跟自己的阿嬤（奶奶、外婆）談生死，大概是在加護病房常常有年長者會跟我聊急救的看法。曾經有位養雞的阿公，他意識清楚時講了很多他生平故事還有財產配置，教我們年輕人如何規劃財務，順口提了他不想要插管、電擊和ＣＰＲ，他不想要走了還被折磨，這期間三位兒子前來探視，我們也很積極地跟兒子表達阿公對生死的想法。

幾個月後，養雞阿公第二次住進加護病房，意識和生命徵象都不好，經安寧評估收案後轉往安寧病房，但兩天後，彌留狀態的阿公轉回加護病房！原來，大兒子不同意阿公的現況，希望給阿公積極治療，於是阿公越來越水腫，升壓藥物越用越多，彷彿置身於儀器叢林之中，直到無常來臨的那一天，家屬們看著模樣浮腫、上肢滲水裹著看護墊、下肢治療巾纏繞發紺的腳趾頭，很費力呼吸的阿公，都不希望他再受ＣＰＲ、電擊之痛，眾多家屬勸說下，大兒子才同意放手……這位阿公教我領悟要更成熟去談論每個人對生死的看法，並適時將長輩想法傳達出去，且要「所有手足」（兒女）決策相同才生效，同時也需要時間讓家屬消化訊息，多了解家屬的想法等。

十二月十五日

媽媽接手照護仍昏迷中的外婆，二十四小時隨侍在側，媽媽沒有照護背景，只覺得遇到就做、既然沒人要做，那就全部攬下來吧！若是自己的媽媽最後一站至少無憾無悔，所以我負責教導媽媽照護臥床外婆的知識和技巧。

以前在加護病房工作時，病人要轉到普通病房前，即將接棒成為病房主要照顧者的家屬容易顯得手足無措，我看了很擔心，也希望病人有良好的照護品質，最好不要再轉入加護病房，所以實在有太多事要叮囑了！

為了減輕雙方的焦慮，我會在病人轉出前幾天，請家屬來跟我上照護衝刺課，從訂定作息時程表開始，每天早上開始的口腔護理到睡前環境準備，並要求他規劃自己的吃飯休息時間，照護的路漫長遙遠，如果自己也照顧不好，也沒辦法幫助病人脫離苦難。而這熟悉的時刻表出現在外婆床榻，看著自己的媽媽面對負荷心力交瘁、與其他沒有照顧阿嬤的姊妹起衝突意志消沉、被挫折感席捲，實在很不捨，只能在她照顧她媽媽的同時，我也盡量多照顧自己的媽媽，唉！

十二月十六日

外婆清醒了！看到我就問我：「挖甘欸好起來？挖馬返家！（我會好起來嗎？我要回家！）」她一直推開棉被、一直想下床、一直要去拉扯胸管鼻胃管，顯得十分煩躁，我媽累壞了。

看到阿嬤的躁動，除了使用藥物，我想起曾經在加護病房有過這樣的經驗：有個體型壯碩使用呼吸器的伯伯，因為狀況不錯，呼吸器已經調整到呼吸訓練的階段，但他常常很驚恐，瞪著如銅鈴般大的雙眼看著天花板，蠕動嘴唇似乎唸唸有詞，太激動的情況下，也無法筆談溝通，只好使用鎮靜劑讓他休息，他的煩躁也影響脫離呼吸器的進度。有天我發現他床頭有個木製的十字架，猜測他的信仰，我把十字架放在他眼前，跟他說：「你害怕時，我們就來禱告好不好？」伯伯跟我點點頭表示同意。

夜幕低垂時，他無緣無故呼吸急促，眼神恐懼瞪著天花板，我確定他生命徵象和心電圖沒問題後，拿出我們約定好的十字架，問他：「現在來祈禱甘好？」伯伯表示要把十字架放他胸前，我跟他一起祈禱：「親愛欸主啊，我信仰謳咾（臺語讚美之意）你，即馬（現在）我心內驚惶無助，祈求你帶領我渡過難關，願主與我同在，奉主耶穌基督之名，阿門！」伯伯居然平靜地睡著了！我把這段小插曲跟前來加護病房會客的家屬分享，家屬十分激動地跟我說，他是長老，一生虔誠跟隨主的腳步，在病痛時、沒有我們家人陪伴時，有人帶領他禱告、靠近主耶穌，他一定十分平靜，整晚不斷向我道謝並握著我的手一同為伯伯祈禱。

這段經驗映現眼前，我確認外婆只是一般譫妄而非病理表現時，依照外婆的信仰，將頌佛機給外婆聽，外婆看到頌佛機，很珍惜地把頌佛機捧在手上貼近胸口，如同伯伯將十字架貼近胸口般，跟著虔誠唱頌，還自己附加迴向文給我們子孫，唸佛時的平靜，總算讓我媽休息了一段時間……

十二月三十一日

外婆出院了一天，又因心衰竭進展快速住院，我媽本來很高興病情有起色，外婆卻又可能在她無預期時離開，與期望落差太大，內心十分愧疚，不斷檢討自責回家時她遺漏了那些環節，導致病情惡化……

我的腦海不經意的浮起一段回憶，在加護病房職涯中曾有位阿姨，由岌岌可危的病情進展到逐漸改善，家屬們也因此較放心，但病人冠狀動脈狹窄太厲害，僅能分次進行心導管，每次心導管後均繼續於加護病房治療觀察病情，可是無常卻突然到來了！CPR搶救仍回天乏術，兒女在一旁跪著嚎啕大哭：「媽媽，我再也無法孝順妳了！」這一幕重擊我內心深處，但當時的我也只能看著天人永隔。

參加人文營時，我請教精舍師父像這樣的狀況我該怎麼辦？我覺得我什麼忙都幫不了……精舍師父跟我說：「妳要一直維持善念，自然就會與他有同理心，陪伴他就是幫助他。」「珍惜所擁有並常常充滿感恩之心，才不會常常覺得遺憾。」

我很感謝外婆前段時間的病情穩定了，我們也跟她多相處一段珍貴的時間。而這次再入院，看媽媽這麼難過、近乎崩潰，我也告訴自己，有一天我媽還是要面對外婆突然就不在的事實，我該如何協助我媽把握時間孝順外婆，照顧我媽的心理，我應該要去充實緩和醫療知識，幫助我媽與第四級心衰竭的外婆促進無憾圓滿的因緣，並覺察死亡是生命的一部分。佛陀說：「一個未觸及死亡之處，不存在，不在虛空，不在海洋，也不在山中。」如果要豁達面對就是要先接受無常……，一切都不是永恆的，要陪伴我媽度過，就要先滋養自己。

二〇二二年．六月十三日

外婆確診了！

外婆出院後考量我媽的體力和辛勞，決定讓外婆到長照機構接受照顧，但是如海嘯般的 COVID-19 進入了長照機構，高危險族群的外婆仍無法逃過一劫，她確診了！我們已經一個月沒辦法去長照機構探視外婆，現今機構擔心近距離接觸傳染，日前連視訊服務都中斷，大家無法親自看到外婆，又聽聞她發燒，都十分緊張，夜夜都抱著不確定感難以入眠……

五月初，疫情如無情的野火，燒不盡、吹又生，我在心導管室工作時，遇到一位確診病人執行緊急心導管檢查，無奈全家都確診，而載他來急診求治的太太心急如焚，卻因隔離不能親自照顧他，對於病人的不穩定病情惶恐不安。做導管的期間，這位先生的手機一直響、推測是她太太一直打給他，但病人身上已鋪上無菌布，躺在手術檢查檯上的病人實在不方便起身找電話、接電話，我們希望因為疫情而被隔離的病人，不要讓親情也被隔離了！檢查到一階段就用醫院電話打給太太，先安撫她的情緒，醫師也把握時間跟太太詳盡解釋，太太對於病人後續安排有比較清楚時，懇切地問我們……「我可以跟他講話嗎？」先生還躺在檢查檯上，大家絞盡腦汁想到利用我們的電話擴音、透過控制室的麥克風，導管檢查室內的收音系統播放，來將太太的思念傳遞給病人……

太太哽噎著說：「我想知道你現在好不好……」

病人他現在發燒，心跳每分鐘超過一百以上，應該很不舒服。他沉默了一會，堅強平靜地回答：「我很好啦，妳不要擔心，妳趕快回家照顧兩個小孩……」說完，他自己也抽泣了起來……

太太充滿鼻音的聲音繼續由擴音系統傳入導管檢查室：「你要繼續跟我保持聯絡喔，不要擔心家裡，我會照顧好你爸媽……」

病人其實已熱淚盈眶，還是強裝冷靜的聲音跟太太說：「妳也要保重，趕快回家！」

他們一起在電話那頭一同說：「再見……」病人此時皺著臉淚流滿面，久久不能自已……

太太用電話跟我們道謝，說我們給她很大的安心和信任，她可以放心把老公交給醫院，也能放心回家照顧家庭……

而我外婆，正在機構內隔離的她，不可能被帶出來外面讓我們看看她究竟是什麼狀況，也沒有人可以把電話或視訊鏡頭給外婆，讓我們跟她保持聯絡，我該怎麼辦？想起這位有苦難言的病人讓我靈機一動！我請長照機構幫我轉交一支「摺疊老人手機」給外婆——操作簡單，打開能接聽，闔起來即掛斷，感謝我現在工作的經驗，提供給我這個靈感！

外婆甫接到我媽撥打給她的電話，就用沙啞、但雀躍興奮的聲音跟我們說，她很喜歡這支手機！她現在很好，也很怕我們擔心她，但輕微失智的外婆又話鋒一轉，「妳們怎麼都沒來帶我去曬太陽？」

幸好想到送手機過去，感恩我經歷的第一個確診病人賜予的寶貴經驗，不然外婆跟我們家人的誤會可就大了！會不會認為隔離就是被拋棄？也透過手機，我們每天能跟她傳達我們的愛，由衷感謝每位病人都是我的人生導師。

七月五日

謝謝蒼天的幫忙，外婆COVID-19已痊癒！也感謝身於學海無涯的工作場所，教導我邊照顧病人同時邊發展照顧家人的能力，有一籮筐的事需要感謝，所以我發願茹素祈福至今快三十天，幸好外婆平安健康，也在機構開放時，我們家人都能實際去與她團聚，貼近地跟輕微失智的外婆說，她沒有被拋棄，我們一直都很愛她、想念她。看了這麼多病人，我的心願很簡單，希望她這一生與我們因緣圓滿，少一點痛苦和遺憾，多一點互相陪伴。

上人說：「任何事情都是從一個決心，一粒種子開始。」我剛畢業時的求職自傳末段，為自己立了三個目標：「短程目標，希望自己能熟稔為人處世，能有更成熟的態度面對臨床；中程目標，自己在臨床上能獨當一面；長程目標，希望自己能有照顧家人的能力。」後來成為加護病房的護理人員，初心只是遇到事情，埋頭就作，因為天下沒有做不成的事，要相信自己有無限可能，用靜思語的「能付出就要感恩，還要善解、將心比心」勉勵自己，慢慢的點滴成河，聚沙成塔，沒想到自己小小的起點，居然演變成日後照顧外婆和家人的經驗。每次伴外婆和家人度過難關，我都由衷的無限感恩過去讓我雨露均霑的病人和家屬、臨床導師——媜大姊，還有那些用愛凝聚的故事，他們是我心中的菩薩，實實在在的人間菩薩，深植我心。

靜思語說「苦難是一堂寶貴的人生課程」，外婆給我的課題，經歷時如迷失在炙熱的大荒漠，渴望美麗的海市蜃樓，但實際只能看著腳下的鞋印，還要努力背負家人之間溝通、補充知識、積極促進圓滿的行囊。身心疲憊下徒步前進，告訴自己現在的困難只是經過，不會永遠如此，沒有永遠的逆境，我允許困難，但不允許自己停留在懊悔裡！而沒有人的生命是完整無缺、無苦無難的，醫院的這些故事使我擁有的寶貴經驗和願力，都是上天帶給我美好的禮物，擁有這些禮物恰好填補缺少的部分……並常常滿載而歸，讓自己的生命越來越完整。也因為自己的外婆讓我意識到，原來我在醫院工作漸漸地累積豐厚的寶藏，還能化煩惱為智慧，讓自己更勇敢，「佛法在世間，不離世間覺；離世覓菩提，恰如求兔角。」雖然我只是小小的光點，但願能幫助照亮角落，持續修行愛的能力，讓溫暖繼續航行。

本文獲第三屆「最美的醫療人文」徵文比賽 第三名

那些鋼板上肩的日子

于劍興 · 大林慈濟醫院公共傳播室

「督導，這次我真的趕不回去喔。」

家嘉把尾音拉高，試著安撫電話另一端顯得訝異的聲息。沒拒絕過任一次緊急任務的她苦笑著，當望向媽媽那雙彷彿被重擊後落寞失神的眼眸，她得藏好與醫院那班姊妹合體的衝動。

「真的嗎？衛生局那邊很緊急，說是縣裡的工廠發生群聚，確診的人很快就會送來。」督導的語氣像讓針刺中的氣球。

「對不起啦，督導，真的請大家先幫忙。」

掛上電話，家嘉擠出一個笑容給自己。整理好情緒，繼續忙著準備父親過世「百日」的事情。

總是剪上一個露出耳朵，額前有瀏海的俐落短髮，濃眉大眼與分明的雙眼皮，在大林慈濟病房裡工作好些年後的家嘉，白色護士袍下依然洋溢著孩子般的氣息，臉上沾滿陽光的笑容，總一副好心情的模樣。

其實心裡面有些苦，並不容易說出口。

「北市聯合醫院和平、仁愛、忠孝、松德和昆明等院區紛紛中標。」

「打過AZ的護理師，照顧確診者也染疫。」

「遭病人嘔吐物噴濺，陽明醫院八位急診醫護PCR陽性，急診服務暫停。」

三個月前，在家嘉父親過世後不久，遇上臺灣疫情開始後最嚴重的一波爆發，每天的新聞充斥著讓人焦慮的資訊。北部的醫療量能快速滿載下，衛福部拍板「北病南送」，位於嘉義北端小鎮的大林慈濟，從專責病房到加護病房盡是歷經長路漫漫送來的病人，他們被迫來到陌生的孤立環境，尤其那病情瞬息萬變的惶恐不安，而醫護人員則隨即轉換與日常大不相同的照護考驗。

那時，家嘉和夥伴們從五月二十一日進入十二樓的專責病房執勤，六月初隨著收治個案到達高峰而忙碌不已，直到七月中送最後一位情況穩定的病人出院後才出關。只是，她回家陪媽媽不到兩週就接到督導的電話，這回輪到大林慈濟鄰近鄉鎮的突發事件而需要緊急開設專責病房。但遇上父親的百日祭在即，怎能再讓母親孤零零地度過。

新冠肺炎從兩年前開始逐漸蔓延開來，醫院已先後開設三次專責病房，除了輪值的醫師、專科護理師，需要一群護理填滿日以繼夜的排班，而家嘉和在院內共組話劇團的夥伴則向來自告奮勇地打頭陣。有次遇著徵召當下，家嘉正因為嚴重頭暈而回高雄住院治療，彷彿忘記病痛的她迫不及待地辦出院，留下醫師難以理解的表情。

那時她心裡想著：「督導一定是召集昔日有默契的隊友，不用再從頭教起，這時候怎能少了自己。」

同在疫啟

後來，家嘉並沒讓大林那群護理姊妹等太久。

當父親百日圓滿後的七月底，她推著行李箱準備北上，一個月，抑或兩個月才能回家？誰也說不準。「放心啦，我可以照顧好自己啦。」她答應母親。也承諾等她再次出關，回家要陪母親做一件重要的小事。

高雄這座城市絢爛的燈光在身後漸行漸遠，最終如光點般消失在高速公路的夜色中。曾遇過病況急轉直下的阿姨，擔心插管後會是條不歸路。還有遠離他鄉外籍工人煩惱是否還有機會回家的有苦難言。曾為食不下嚥的病人加菜、張羅驚喜點心。家嘉想像著這回又會遇到什麼樣的病人，等著她去膚慰呢？

「怎麼那麼快？」幾乎是所有人接到督導電話通知的相同反應，得在一天內重啟病房呢。其實，涵妮、茜羽、詠媛，還有斯評在下一秒就回復淡定的心情，快速的打包著盥洗用具、換洗衣物，分別從家裡或宿舍出發。

護理行動工作車、備妥藥品的急救車、電擊器、被服、隔離衣、酒精、乾洗手液、篩檢管材，再次踏進防疫戰線的詠媛，盤點著進駐病房後得有數不盡的大小細軟要備齊才能開張，以及迎接隨時可能歸隊的「歡樂啟動機」家嘉，哪有閒功夫去理情緒問題。當電子喉頭鏡送達病房時，完成最後一塊照護需求的拼圖。藉著這項電子設備的協助，可以在相對安全距離為病人進行有感染風險的插管。

「沒問題喔，我習慣了。」

詠媛回大林覆命後已經十二個小時沒闔眼，該換班休息時還是捨不得離開，正屈身為醫療設備纏上透明的塑膠膜。特別的任務引發護理魂徹底燃燒，她忘不掉幾週前為即將出院的阿姨戴上紅色的毛帽，惹得阿姨瞬間紅了雙眼，豆般大的淚水滴個不停。「妳們對我這麼好，真的是天使、是菩薩，沒有妳們，我真的活不下來。」

曾在加護病房奮鬥兩個月的阿姨，在逐漸康復中不經意發現後腦杓竟禿了一圈而在意著。大家商量準備了臨別的驚喜，讓阿姨能夠戴著帽子歡喜的回家。

「原來，真的有願就有力欸！」大家暱稱「LuLu」學妹的靜茹已經在醫院骨科闖蕩十五年，但身為學妹欣羨資深專師的她，卻是專責病房不折不扣的新鮮人，從第一天開始緊張的神情就顯露無疑。她說聽到嘉義出現新的疫情時，心裡就念著想要嘗試自己陌生的領域，只是怕家人會擔心。想不到參加抽籤時，竟抽到籤王！

「不能讓別人去嗎？」、「會不會被傳染呢？」、「在那邊沒眠沒日的會不會太累？」

迎來家人不捨的擔憂，LuLu告訴先生，既然抽到了，那是護理的使命，在骨科待了好多年了，緊繃忙碌的工作模式早已習慣，而自己更期待能學些不同的事物。她準備著行李，會是兩個禮拜？還是兩個月？其實在安慰另一半的當下，她的心也像準備去面試般七上八下。

其實，LuLu最放不下的是讀國小的老二伯謙，和自己一樣愛哭。住進醫院第一天晚上和家裡視訊報平安時，母子倆就哭得淅瀝嘩啦。

病房重啟的當晚十點，傳來第一輛救護車抵達消息。

很快地，地下二樓的停車場紅色的光芒閃爍，提著行李的病人走下車，在醫療同仁的引領下從專屬通道、電梯，一路順暢抵達十二樓的病房。經過一番緊湊的住院治療說明與採檢後，病人展開陌生環境的第一晚。接著從半夜到隔天清晨，救護車陸續送來工廠群聚事件的病人，工廠老闆娘的血氧不穩定、咳嗽不止而顯得沮喪；格外吸引讓團隊目光的是媽媽懷抱著嬰兒，一個獨自下救護車的小女孩。

愛的禮物

「五歲妹妹血氧值高低不定，但肺部是乾淨的，下週四採檢後再看趨勢，至於十個月大的女嬰，吃稀飯和牛奶的量有改善，但還沒有到平常的水準……」每天下午一點的視訊會議正進行著。專責病房的醫護透過視訊和副院長、胸腔內科醫師一起討論著治療的方針。

十多天前，涵妮穿著全身防護裝備從病房下來到地下停車場，當救護車後門掀起，一個小女孩咚咚咚的跳下車，著實讓她嚇了一跳，紀錄上不是說「媽媽會帶著五歲女兒」前來嗎？

「小朋友，怎麼只有妳？會不會害怕？」

「不會。」她一派輕鬆的回應。身後兩個穿著防護裝，彷彿太空人般的男生陸續下車。

後來，小女孩跟著涵妮走進電梯，抬起頭骨碌碌地望著門楣上的電子看板，「五、六、七……」紅色的燈號持續跳動。當進到病房安頓好，涵妮拿著針筒靠近妹妹纖細的手臂，她的家人不在身邊怎麼辦？萬一哭起來？

只見妹妹神色自若地看著細針穿透皮膚，紅色血液緩緩匯集到針筒裡。她不哭不鬧，彷彿是別人在抽血般，與初次見面的涵妮閒聊著。

「媽媽呢？怎麼一個人背包包來而已。」

「怎麼可以這麼勇敢？一個人坐救護車，車上兩位包緊緊又不認識的叔叔。」

「這麼勇敢！跟著我一路到陌生冰冷的病房、毫無反抗的接受抽血。」

涵妮心中有好多的問號。護理站很快就查出這該是一場通報上的烏龍，進一步確認妹妹的母親已經早一天住進病房，總算能安排讓母女團圓。其實，病況的對治有明確的指引，但如何面對病人不同的身心變化可沒標準答案。十個月大的寶寶哭哭醒醒地睡不穩，牛奶和稀飯都吃得不夠；女孩雖然很乖卻不太願意吃飯。這真讓大家傷腦筋，吃得不夠可是沒本錢對抗病毒呢。

「妳昨天拉肚子，吃完藥有改善嗎？」LuLu問女孩的母親。她每天早上固定逐一用LINE和病人對話。

「還沒上耶，對了，咳嗽比較不痛了，但吃東西還是沒什麼味道。」病人說。她幾天前出現鼻塞、喉嚨癢、拉肚子、味覺差。

「那妹妹呢，會吵妳嗎？」

「都還OK，就是說想回家。」

「安慰她快點好起來就可以回家了。」

「好，她蠻乖的，都乖乖的看卡通。」

「那吃飯呢？有吃多一點嗎？」

「唉，她都說不會餓，不過可以睡到九點多起床。」

病房只有幾坪大，除了病床、簡單的桌椅外，就剩下排風扇呼呼作響的聲音，對小孩的耐心是大考驗。有兩個孩子的LuLu邊問邊擔心的皺眉。

團隊夥伴決定一起腦力激盪，擬定搶救小孩飲食作戰計畫！但該從何想起？涵妮發現，妹妹竟然把病室中提供的空白筆記本畫滿各式各樣的人物、卡通，這原本是規劃給大家塗塗寫寫發洩情緒用的，想不到幾天內就成為孩子塗鴉的夢想天地。

看來已經找到解決問題的通關密碼，家嘉打進醫院社會服務室找熟識的社工師淑玲幫忙。她特別強調：「都是女生喔。」

隔天一早的護理站彷彿成為色彩繽紛的幼兒園。粉紅色的蘑菇、五彩繽紛的甜甜圈！是給寶寶的固齒器，可以咬，也會發出沙沙的響聲來增加聲音刺激。至於有繪畫天分的妹妹呢，則有紙粘土、彩色筆，加上一大疊印有卡通圖案的畫紙。這些都是淑玲下班後到民雄街上四處採購而來，有個一歲兩個月大女兒的她在忙碌的工作後，睡前一定要拿繪本為小孩講故事。

「還好，確診小朋友成為重症的機率小，現在就是全力做好症狀的控制。」輪值的過敏風濕免疫科醫師王思讚，看著病房的小孩就不覺紅了眼睛。家裡有兩歲的女兒，更能體會媽媽與孩子的處境。王醫師的另一半為女兒買點心時，也特地準備一份給寶寶，有米餅、優格球，還有一一消毒過的布書、觸覺書。

中午用餐時間將至，家嘉穿上密不透風的隔離衣，讓夥伴幫忙在銜接處黏上膠帶、檢視，然後像隻大熊般走進隔離病室的通道。護理站的夥伴則利用銜接兩邊的「任意門」，把午餐，以及愛的禮物傳送過去，讓家嘉逐一擺上推車。

「十個月大的寶寶顯然比較愛甜甜圈，又咬又搖的好開心。」家嘉還另外準備了禮物，讓寶寶有了人生第一個布偶娃娃，那是向很會夾娃娃機的同事募集而來，孩子高興的張開雙手要抱抱。

「妹妹我們來打勾勾！只要妳乖乖的吃完飯，就可以畫畫喔，好不好？」

從同意和家嘉的約定那天開始，五歲的妹妹變成愛吃飯的小孩，每餐都透過視訊畫面展示空空如也的餐盒。而護理夥伴不再把穿著兔寶寶裝的繁瑣與悶熱視為困擾，因為每當近距離聽妹妹一頁又一頁分享新的作品與故事時，尤其還把大家都畫進繪本裡，成為在專責病房中短暫卻最療癒的時光。

「妹妹的塗色和線條都很厲害喔！」涵妮有天下班回臨時的寢室後沒有休息，反倒聚精會神的上網找資料。隔天她帶著親手做的繪本送給妹妹，那獨一無二的封面上有許多小女生喜歡的可愛圖案。她期待著妹妹畫下另一個新的故事。

在乏味的病房中，至少有媽媽的陪伴，還有護理姊姊送餐時陪伴玩耍一下，甚至有護理人員用橡膠手套和膠帶自製的公雞氣球逗她開心。但就在住院第二十天的例行採檢中，愛畫畫的妹妹第一次忍不住哭了起來，直覺反應地避開接近鼻孔的採檢棒。

LuLu說連大人住這麼多天、頻繁的採檢都會不舒服、受不了吧，何況是那麼小的孩子。

幾天後，媽媽和妹妹都已連續兩次採檢Ct值大於三十，總算可以出院。家嘉上網買了禮物裝上一整袋，有背包、自動鉛筆、環保餐具、水杯、酒精噴罐，上面都是妹妹最愛的蠟筆小新圖案。家嘉說喜歡孩子這兩個多禮拜來創作力爆發，用彩色筆畫滿護理姊姊們準備的每一頁空白畫紙，當然，妹妹有畫上她最喜歡的護理姊姊喔。

「姊姊，我出院就看不到妳了，怎麼辦？」

「別難過，不要在醫院見面喔，也許以後我們會在外面相遇呢。」

放老爸一次牛

四天後的「父親節」，將是新冠肺炎專責病房第三度開啟後迎來的日子。

好消息是大部分的病人正往好的趨勢發展，而最快在這個週末前就會有病人趕得及出院，免於在醫院過節的悲情。只是，一如從事警消工作的人在風災的日子裡，總是提高警戒與忙碌。而當醫療工作者遇上疫情的緊急狀況時，在照顧病人的身心勞頓中也得做出更多的犧牲，他們都得習慣成為假日的絕緣體。

病房的識途老鳥家嘉，以及新鮮人LuLu學姊，一如往常地展開病房的照護。打電話和病人視訊、準備篩檢的物品，在忙碌中總是比較容易萬緣放下，但今年屬於老爸的節日肯定與往年不太一樣。

家嘉回想起去年冬天和父親鬥嘴、還有相互約定的畫面，清晰如上一秒才發生。

「妳怎麼那麼晚回來，晚上那麼暗，女孩子這樣很危險。」父親在病床上叨唸著。

「我是開車啦，哪裡會。」家嘉搖搖頭說。她從病房下班後就開車到民雄買保暖褲和晚餐

「唉，妳真的讓我很擔心。」

「你才是吧！再抽菸小心我找你算帳。」

其實，他們只是像朋友的相處模式。從家嘉小時候開始，在診所當護士的母親總是那麼忙，在她腦海中建檔的盡是與父親出遊的回憶片段。

「好啦，那我們說好，以後都要把自己照顧好，這樣就不會相互擔心，可以嗎？」

老爸從一年多前開始洗腎，陸續發生胰臟發炎、肺部浸潤，在高雄掛急診、住院成為家常便飯。但只要情況允許，家嘉會想辦法把父親轉來大林，在自己服務的醫院裡有許多夥伴可以幫忙顧頭、顧尾，讓她能掌握用藥、檢查的結果。或許當年走護理不是第一選擇，但在大林獲得的情誼和溫暖，讓她決定全心的投入。

去家附近的小港醫院就醫不是比較輕鬆？家嘉曾納悶過，老爸在三個多月前突然覺得身體有些難受，他竟然第一次開口要求到大林慈濟住院。

老爸住院幾天後，病房的學妹要家嘉別再忙了，趕快去加護病房。兩位夥伴看她的臉不對勁，陪著搭電梯下樓。

「這或許是最後一張？」

數不清這些天來已經簽下幾次病危通知書，她擒著在眼眶打轉的淚水。手中的筆彷彿有座山壓著，因為看到父親的抽血報告有嚴重感染。

「父親節快樂！我很愛你喔，但是呢……我很忙沒有要回家。」

「……」

「老爸，我很愛你！你有沒有喜歡我，給你機會，還不快點說。」

「嗯……」

家嘉實在聽不出來電話那端到底有沒有出聲。沒辦法，過去常在父親節時遇到上班，她會打電話逗逗老爸。不過，老爸就是那種很細心，卻不會輕易把話說出口的人。

家嘉說，以前爸媽常會鬥嘴，但當另一半真的不在時，一股難喻的失落感，讓母親總是若有所思、泛著淚光。這也是堅持陪母親辦完父親百日祭祀後，才向醫院報到的原因。

而今年的父親節又遇到在專責病房工作的日子，家嘉已不用再打電話回家「盧」父親、再和他撒嬌說我愛你。她好希望在另外一個國度的老爸能遵守彼此的約定，把自己照顧好吧。

在護理站另一頭的LuLu，總算透過LINE語音把病人訪視過一輪。

「吃得下，可是痰都會哽住。」

「那妳要多喝水，記得喝溫開水比較好，可以稀釋痰液。」

「好，我會多喝水。」

「阿姨，我們中午會開會，有什麼後續的處理再和妳說喔。」

工廠群聚事件的老闆娘剛住進病房時，咳個不停，血氧在95、96間擺盪並不穩定，躺下時胸部悶悶的吸不到氣。賴副院長特別交代要留心觀察，以因應病情可能快速的變化，還好這幾天變得輕鬆些。LuLu每早和病人問候，更關注他們描述的症狀和需求。快速地敲著鍵盤整理紀錄，心裡默默想著這次有願有力的抽中輪值的「籤王」，但真沒想到會錯過和家人慶祝父親節。

「三個孩子裡，我最放心的就是靜茹啦。」

LuLu的父親老愛掛在嘴邊，這對重男輕女的鄉下地方可不常見。雖然從小家裡過得辛苦，但LuLu永遠記得學裁縫的父親回家接續阿公的攤販生意，每天凌晨三點就得起床備料；後來因為生意變差，他跑去工廠當警衛、到工地搬石頭、去垃圾袋工廠打工，總算把三個孩子拉拔大。

懂事的LuLu邊讀書、邊打工，學費則是向銀行貸款，她想盡辦法減輕爸媽的負擔。而愛美的她曾想學美髮，卻只因看電視上有人說學護理可以幫助別人，就這麼走入護理的世界。有天下課回家，父親竟然送她一條當時最流行的喇叭褲，紅白的格子超級亮眼，LuLu穿上它再搭配高高的鞋，讓她風光不已。

而當自己嫁人、生子，不識字的父親為了帶孫子還特別跑去上保姆課，好讓人意外。

每年的父親節，LuLu會和弟弟、妹妹約好一起回家準備料理，成為父親最期待的一天。但今年勢必得放爸爸鴿子了，她週日時有些難為情的打電話給媽媽。

「我今年父親節沒辦法回家喔，下次回去補給爸爸一個紅包。」

「蛤？妳之前不是說不用去那個病房？」

「沒有啦，做護理的該去就要去啦。」

掛上電話不久，LuLu的妹妹偷偷的通風報信，說母親講完電話就哭了。她淚眼婆娑的傳LINE給媽媽：「病房這裡真的很好，大家都很照顧我，真的不用擔心啦。」

只要想到能幫病人多一點，辛苦的感覺就會少一點。

「老爸，父親節快樂！要注意身體，少喝酒、多喝水！沒事不要到處亂跑，好好在家顧孫子！」

清零那一天

在新冠肺炎病房裡有處大家公認最美麗的景緻，像一幅會動的畫。

看過的人，總難掩激動。

下午兩點，護理師欣茹換裝完成，在綁手綁腳裝備下依然能感受到她的雀躍，像隻企鵝般走進年輕病人的房裡進行出院前的叮嚀。天呀，病房清零前的最後一位囉！病人從七月底住進來後就顯得特別安靜，前後歷經八次ＰＣＲ篩檢，終於達成出院的標準，Ct值連續兩天大於30，ＰＣＲ也是陰性。

「恭喜你喔，明天終於可以出院，展開新的人生。」護理師昨天下午在例行照護時說。

「很謝謝大家的照顧。」

「那你出院後最想吃什麼嗎？」

「這個嗎？我好想吃炸物喔！」

「喔，炸物。」

當晚餐時間來到，詠媛分享了一份炸物給年輕病人，提前滿足他一個多月來的心願。

欣茹領著病人走出病房，經過一間間空蕩的病房，當再次現身護理站前的玻璃窗時，另一端的詠媛、家嘉正揮舞的雙手，高喊著加油！他靦腆的對她們揮揮手，彼此相望歡笑，時間彷彿已然靜止般。

當秒針再次轉動，病人帶著醫療團隊滿滿的祝福轉身，很快就能回到溫暖的家，以健康的身心迎接新生活。前幾天，媽媽抱著十個月大女兒駐足在窗前，寶寶手裡抱著布偶和橡膠手套做成的公雞氣球，像幅慈母畫像。

還有，幾經波折在病房和母親團圓的五歲大妹妹，拿著有蠟筆小新圖案的水壺、畫具，母女倆在窗前與護理同仁臨別的眼神交會，竟如家人暫別般充滿祝福，卻又讓人捨不得。

窗格的那一頭，真是怎麼都看不膩的美麗風光。

在病房結束後幾天，家嘉忽然接到來自胸腔內科門診的電話，她趕緊號召還沒開始休假的夥伴。

陳信均醫師仔細地幫媽媽和妹妹檢查，詢問著出院一週來的身體變化。在她們住院期間，陳醫師每天下午都會透過視訊會議提供醫護同仁照顧的指引。

「姊姊呢？她們什麼時候會來。」妹妹問。

「好的，我馬上幫妳聯絡姊姊們，好不好？」陳醫師沒意料到小朋友會這麼問，但體貼地回著。

忙了一兩個月，應該都在休假吧？當妹妹走出診間，那群她最熟悉的護理姊姊們已經展開雙臂迎接。

「我畫的是小女孩，有漂亮的頭髮、紅色的衣服，還有高跟鞋喔！」妹妹開心地拿出最新的作品。

「喔，愈畫愈厲害喔！」姊姊們異口同聲誇獎著。

「我明天就要去上大班囉。」

「那妳要像在病房一樣棒，乖乖聽話上學，知道嗎。」

在全身防護裝備的重重阻礙下，該如何讓病人感受到些許溫度、讓惶恐不安、焦躁的心有喘息，甚能安頓的機會？

也許，這群醫療團隊證明了有心就不難。在看似封閉與隔離的防疫病房中，眾人避之惟恐不及，但熱血的夥伴們用愛與同理心，終能穿越層層限制，帶給大、小病人溫暖，累積重新生活的勇氣與能量。

初心常在

「自己到底要不要去，會不會進了專責病房那道門後就再也出不來了？」

現在或許聽來可笑，但負責病房繁重行政協調任務的詠媛說，在新冠肺炎蔓延初期的摸索階段難免會有這樣悲觀的想像。甚至，覺得進專責病房有種「赴義」的情操，抱著「赴死」的決心。目前全球已有千名醫護人員因此而犧牲。

當病人住了一週、兩週，甚而一個月後，那渴望自由與健康的想念難以言喻。有些七、八十歲的病人入院前還不知道怎麼使用LINE，也沒用過視訊，看不到親人的難過愈來愈濃。為什麼自己的病毒量檢測忽高忽低？詠媛在專責病房嗅到一股特別的氛圍，也許，那只能在讀書、想像中出現，而現在又實實在在的存在著，正召喚著護理的本質。

她沒有因為病人面臨的困境而感到束手無策，反倒是激發自己還能做些什麼？因為在病房裡除了醫療團隊，他們已沒有其他依靠。「也許，把這裡想像成是『心蓮病房』。」所付出、思考的一切都是圍繞在病人的病情進步，心情如何，安排家人視訊，把點心留給他們，買好料幫他們加菜，只要能多快樂一點點都好。

在這裡，不再只是習慣照醫師的醫囑做常規的護理，大家有機會坐下來討論病情，評估每天身心甚至靈性層面的變化和需求，醫師不僅能解惑，更是最佳後援。

「當國外疫情開始爆發，我看著新聞思考著，當臺灣疫情爆發時，自己可以做些什麼？」

涵妮服務於胸腔科病房，她與家嘉幾位護理同仁都是去年專責病房成立後第一批參與的夥伴，自此以後，無役不與。她說，新冠的病人可能早上覺得喘、有些不舒服、血氧濃度低一些而需要來醫院觀察，有時照X光後就發現肺部已經白掉需要緊急插管，得趕快把病人轉去加護病房做治療。往往都是幾個小時內的快速變化，與胸腔內科病房中情況不好的病人，一週、兩週慢慢地變化有很大的不同。

「病人的變化又大又快，其實，照顧每個病人的態度都一樣，就是盡一份心力，只要能力所及就盡量去幫病人。」

病房的學妹總是說LuLu學姊已經工作這麼多年，為什麼還是這麼有熱誠？「病人的一句『謝謝』、『妳很好』的回饋，就能讓我忘掉整日的疲勞。」LuLu說。儘管第一次來到陌生的新冠肺炎專責病房，她告訴自己努力地向大家學習外，更要把在骨科病房服務病人的專業與心意，傳達給每一位需要照顧的病人。「他們是病人，就把自己當成是他們的家人。如果今天住院的是我們的家人，妳會如何對待呢？」

「看到送來的全是新的玩具，真的很有心！」

家嘉當時打電話給同仁為病房的孩子募集玩具，原以為會是大家玩過、蒐集來的。想不到社工師淑玲考量孩子的性別、當下的需求而特別花心思去尋找，甚至自掏腰包。其實，她大可不必這樣，卻用心完成所託，怎不讓人感動。

「就像護理師，也許只要發完藥就算盡到責任，管病人的心情如何做什麼？」但老是把病人心情看得比什麼都重要的她說，這樣做才會覺得踏實。「因為，會覺得不只照顧『病人』，而是『人』。」

家嘉這次離家前曾承諾母親，等她再次出關，母女倆要一起做件重要的小事，那到底是？

「就是回家陪媽媽上菜市場買菜囉。」

她幫父親做完百日後就直接回大林慈濟的專責病房報到，只能暫時把母親放在高雄。希望能回家好好陪媽媽，可不想再聽到：「女兒回來，好像撿到的喔！」

病房外一章

隨著專責病房有小朋友住院而照護的挑戰，卻也意外增加不少生氣、話題，更挑動醫療團隊內心最柔軟的那一塊。不過，病人遭遇的變化可不止侷限在病房內。

「天呀，垃圾車經過家門前，竟不願意收垃圾。」、「婆婆去菜市場買菜時，沒有攤販願意賣給她。」

LuLu在早上電話訪視中意外得知讓人哭笑不得的事。媽媽帶著寶寶在專責病房隔離治療，想不到讓家人受到連累。「別擔心，我們不會坐視不管喔。」

很快地，慈濟社區志工在接到號召後，特別幫這家人準備兩大份超級豐富的生活箱，另外還有可吃上一段時間的白米、蔬菜。尤其，還有一封來自證嚴上人的祝福信。

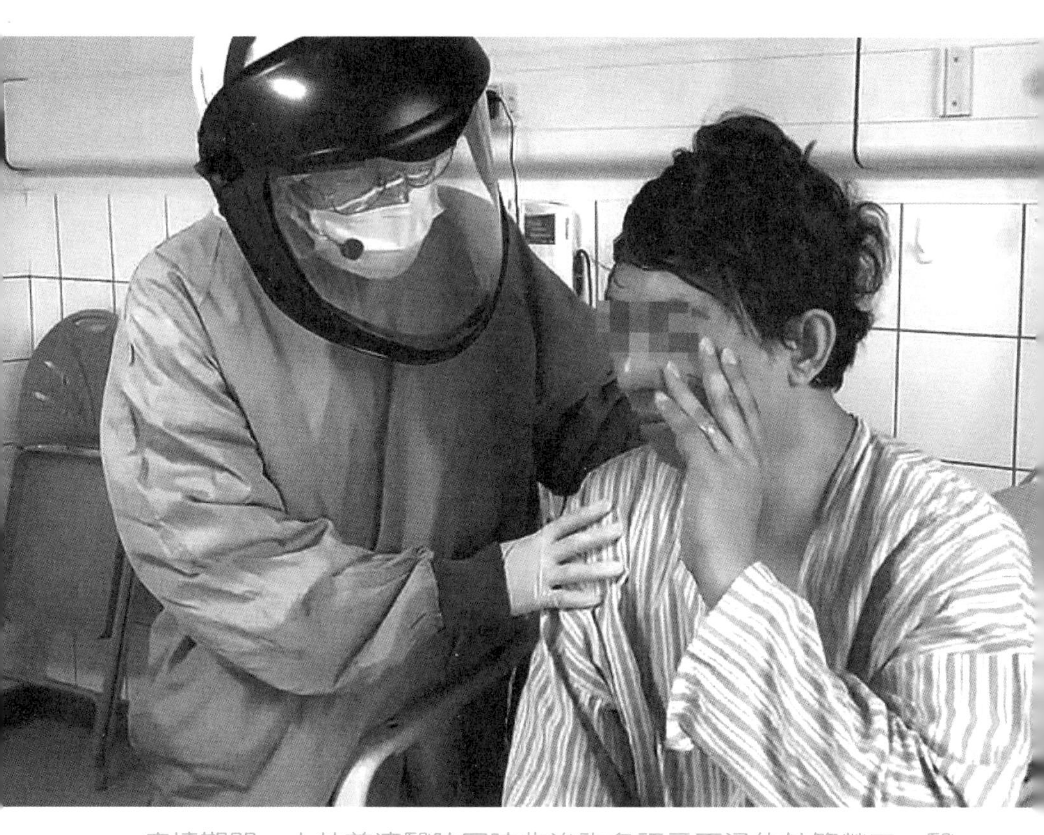

疫情期間，大林慈濟醫院同時收治許多語言不通的外籍勞工，醫護團隊不僅自掏腰包為他們加菜加蛋、將印尼家鄉味泡麵送進病房，更常安慰擔心受怕而哭泣的病人。　（圖／大林慈濟醫院提供）

第二部——偏鄉醫者 視病如親

本文獲第三屆「最美的醫療人文」徵文比賽 優等

醫愛與記疫，寫給孩子的一封信

朱紹盈・花蓮慈濟醫院教學部／兒科部

親愛的孩子：

你好嗎？

小豬醫師寫這封信給你，是想分享COVID-19疫情期間發生在我身邊的故事。信件裡所書寫的疫情與醫療的內容，刻劃了我們這一代面對疫情時的點點滴滴，也傳遞出我據實的銘記與真誠的心意。面對世紀之疫的這個時刻，是嚴峻的卻也是溫暖的。

我們之間的連結，就從「我書寫這封信」與「你和爸爸媽媽一起閱讀這封信」開始吧！

你知道嗎？

二〇一九年底開始，人類的世界迎來了一隻新病毒，COVID-19新冠肺炎病毒，它的行蹤飄忽不定、無法預測，根本不管什麼季節，就是到處感染人類，一下找上老人、一下侵犯小孩，基因突變來突變去，不但造成肺炎也會引起嬰幼兒的腦膜炎。轉眼不到三年的時間，它在世界各地已經造成很大的災難，至少感染了五點二億人，讓六百三十多萬人死亡，很多人因著疫情需被隔離而孤獨的離去。學校關閉，許多餐廳倒閉，婚禮被取消，城市封鎖，人們集體恐慌，旅遊變得很奢侈。

人類的歷史其實是一場對抗許多傳染性疾病的馬拉松式的競賽，從來都沒有停止過，到現在也沒有出現過勝利者，只是我們常常遺忘了那些奮戰的歷史！隨著時間的推移，即使是大型瘟疫降臨的重大事件，由不確定性決定一切的種種反應，我們都應該從中記取所面臨過的挫敗、困境與所獲得的智慧。

孩子啊，疫情期間，你記憶最深刻的事件是什麼？你有和爸爸媽媽一起閱讀過關於COVID-19病毒的故事書嗎？

一起閱讀 COVID-19 病毒

新冠肺炎病毒非常非常的小，直徑大約是十到三百奈米，是一隻細菌的千分之一大小，不知道你是否能夠想像它的模樣呢？電子顯微鏡下它看起是圓滾滾的一個球體，表面上有一根一根的突起，很像花冠一樣的構造，所以有「冠狀」的形容，因為是在二〇一九年爆發的疫情，所以加上19，稱為COVID-19病毒。這是第一次出現在人類世界的病毒，很新很新，數千年來都沒有人被這隻病毒感染過，所以又被加上了「新」

字，因為會造成嚴重的傳染性肺炎，所以中文名稱叫做「新冠肺炎病毒」。原來病毒的命名也是有一些根據的。

即使有花冠或皇冠一般的構造和名字，看似有些漂亮，這隻病毒對人類可是一點都不友善，它像一隻隱形的怪獸，伸出魔爪肆虐人類，我們得好好認識它，才有可能取得人類的生存權，或是達到與之和平共處的境地！

孩子，你的姓氏與名字是不是有特殊的意涵？或是蘊藏著爸爸媽媽對你的期許呢？

阿波穿防護隔離衣流汗記

疫情來襲，小豬醫師來說一個「穿兔寶寶裝流汗記」的故事給你聽吧！

護理師阿波個兒小小的，是一位比較資淺的護理師，他說他早就有心理準備要照顧被COVID-19感染的病人，反而是當他第一次穿上兔寶寶裝（防護隔離衣）時讓他留下了很深刻的記憶。他說，全身套上防水的隔離衣後，感覺好像是住在悶燒鍋裡一樣，（啊～沒有人有過這樣的經驗吧）……很不舒服，悶熱到全身的微血管和毛孔都會張開來。一開始汗水是一滴一滴的冒出來，接著汗液馬上就會匯集成一條一條的小水流，從額頭一路往下流過眼角、流過脖子、再流到鎖骨，接著就會被內層的隔離衣吸收，很快的全身衣物包括內衣褲就會濕透透了。心跳接著咚、咚、咚，頸動脈也跟著蹦、蹦、蹦的搏動，不用摸都可以很清楚的感覺得到。

N95口罩讓呼吸一開始因為吸不太到空氣變得很淺又快，但接著又會為了一次能吸多一點空氣而變得又深又慢，面罩之下的呼吸聲跟著胸廓一下又一下的起伏，世界變得一片寂靜，就剩下那個很粗獷的呼吸聲在嗚喘。外界的聲音變得很遙遠又飄渺，思考與行動都變得遲緩，整個身體好像分離成兩個。

為了照顧被這隻進擊的病毒感染的病人，自己的氧氣不足、無法進食、無法上廁所的所有不舒服的感受很快就忘記了。一直到下班後才會知覺到全身虛脫飄飄然，反應遲鈍，精神渙散，心中一片漠漠然，自己好像不再是自己……

阿波的述說很細膩很貼切，其實讓人不捨但卻很以他為傲。小豬醫師相信有愛的人能撐起一片天，有愛的醫護同仁在非常時期一樣會為民眾犧牲奉獻，更不用說只要穿隔離衣和戴N95口罩一整天了，醫護人員的利他行為與愛隨時都能展現啊！

孩子，你有沒有想過人類是如何與肉眼看不到的微生物戰鬥呢？病毒進到人類的身體之後會發生什麼事情呢？

肉眼看不到的許多病毒，它們帶來的毀滅和殺傷力是很強大的，大家會惶恐與焦慮，是因為我們沒有過去的經驗為依歸。

面對這次的未知與極端不確定性時，我們看到有國家的總統和孩子們進行線上記者會，為孩子釋疑，支持與鼓勵孩子。有一百零一歲的老爺爺在生日當天，辛苦的走路復健，為受疫災的民眾募集愛心；有全世界孩子們大串聯的彩虹畫；有展現團結的線上環球音樂會；有醫生、科學家、學校的老師以及無政府組織的心理師與社工師們為孩子們製作的COVID-19繪本，讓抗疫繪本與線上閱讀資源變得非常豐沛。

大人們不僅冷靜面對變動，各司其職，一再展現出高素質的修養，相互扶持。大家各自根據能力發揮專長，國家與國家之間聯手合作，政府部門系統性地規劃因應策略，有防疫專線（1922）可以諮詢，有疾管家LINE群組可以加入，人與人之間雖然有社交距離的限制，而心的連結卻是非常的緊密。

醫院裡，我們的院長爺爺指揮若定，他用愛與智慧帶領著大家往前邁進，手下的智囊團個個IQ一八〇，落實合和互協的精神，把花蓮染疫的鄉親照顧得無微不至。衛生局長朱爸爸永遠站在疫情的第一線，他的衛教影片真的是有一點點帥呢！藥師超級有創意的蓋了藥來速，讓許多民眾不用進到醫院裡就可以拿到藥。心中有愛的總務室同仁一個晚上就能把臨時快篩站搭建好，多重身份的社工師可以馬上變成包裝快篩棒的志工，大家各自撐起每一個環節，個個都是專業，而專業背後有的是大家慈悲的意念和如菩薩般的愛。

孩子，當你感到害怕的時候你會做什麼呢？

孩子，你是否有機會關懷過一位得到新冠肺炎感染的同學呢？

改變是唯一的不變

疫情讓大家的生活方式有了巨大的改變，排隊搶購防疫物資變成日常。三天線上兩天實體課程讓全民變成混成式學習的高手，跨界運用的九宮格防疫政策雖引起家長一片譁然，卻讓疫情下的各種天馬行空、有創意的點子都出現了。

隨著國家防疫政策的滾動式調整，許多通俗的懶人包，科技育兒產品，線上自學神器，親子運動的放電神器應用程式，超級專業的全球共享疫訊平臺等一一出現，合縱連橫至世界各地。高度智能化的時代，大家不僅善用科技與大數據，配合著及時又透明的防疫訊息，隨時改變自己的認知與行動方案。

居家檢疫或居家隔離，定時監測體溫，出入公共場所戴口罩，維持一定的社交距離，不群聚，也要學會如何自我檢視症狀與風險評估。全民於是也都變成了洗手達人、自我快篩與疾病診斷的高手，這些都是知其所以然而後產生的行為措施，是善盡保護自己與保護他人的公民責任與義務！

醫療端的衝擊也很大，人力的資源盤點，分艙分流，區域聯防和緊急醫療網絡，兒童就醫優先綠色通道的設置，智慧醫療，人工智慧與大數據的運用，各種醫用軟體如Taiwan V watch和網路群組，視訊看診，不同層級的防疫會議，全國線上兒童重症與死亡聯合病例討論會，讓全臺灣的兒科醫師都認真地從有經驗的同儕中學習，大家努力的展現終身學習的精神，不停地持續閱讀與進步，用改變來因應這瞬息萬變的世紀之疫。

孩子，疫情帶給你的改變是什麼呢？疫情期間你和爸爸媽媽一起使用了那些軟體呢？

送你一張貼紙

小豬醫師接下來跟你說第二個故事吧！故事的名稱叫做「一張貼紙」，病毒來襲，小女孩在爸爸媽媽抱抱下做好了心理準備，就到醫院去打疫苗了。醫師叔叔給了許多的衛教和說明，在完成整體評估之後，小女孩拿著疫苗注射卡完成了第一劑的COVID-19疫苗注射。鏡頭轉到另一個場域，小男孩正在接受護理師的疫苗注射，雖然有一點害怕，但是他沒有哭天搶地，也沒有要求爸爸媽媽買禮物給他以做為打針的代價。得到疫苗披風保護的小女孩告訴自己也告訴大家「我很勇敢！」，小男孩也說：「我打疫苗，我很驕傲！」不僅如此，疫情期間，大家都變得很聽醫師的話，常常洗手，多喝水，吃很多彩色蔬菜水果，戴口罩保護自己也保護大家。溫暖的小男生也叮囑大家要好好照顧自己，並送上自己的一顆愛心。孩子們展現了世界小公民該有的作為，抗疫一起來，絕對不能少我一個的典範！

這十二張色調溫和的小貼紙，是小豬醫師和靖旻護理師合作的作品，貼紙的故事很八股，喊的是一個又一個口號，希望你有興趣閱讀。重要的是這些圖像貼紙記載著你們打疫苗時的那一份勇敢，真真實實的黏在我們共同的記憶裡。

孩子，謝謝你有去打疫苗！也一起感恩我們都可以健康的生活著！

醫療裡的愛

古希臘時代就流傳下來的「希波克拉底」醫師誓詞裡有提到，「我鄭重地保證自己要奉獻一切為人類服務。」身為醫護人員，為病人與民眾的健康付出專業與行動是本分，也是愛。

但是，小豬醫師想告訴你，醫師對病人的愛也藏在衛教中唷！透過衛教，增能患者與家屬，讓病人有能力閱讀自己的健康狀態，學習更主動的把自己的健康照顧好，這其實就是健康自主管理的概念，是醫師送給病人終身受用的禮物，也是醫療的另一種愛。

面對這次艱辛的疫情，我們看到全民共同閱讀的力量了。閱讀時事與疫情的變化讓我們知道自己的處遇並展現適當的行為，保護自己也維護身旁的家人，平安地度過一波又一波疫情帶來的衝擊。所以小豬醫師想開一張衛教處方箋給你，上面寫著「健康素養」四個字。這是一把維護我們身心健康的寶劍，讓我們帶著它與病毒奮戰，一起慢慢走向勝利！

孩子，你對爸爸媽媽的愛是如何展現的呢？

健康素養這四個字對你而言可能不容易了解，它的意思是請記得邀請爸爸媽媽和你一起共同閱讀，一起閱讀健康的知識，一起學會維護健康的技巧，之後就要學會把這些知識與技能拿來把自己照顧好。在爸爸媽媽的陪伴下，一起閱讀一本故事書，欣賞一張油畫，觀察一座山，參與一場疫情線上記者會都是共讀唷！

所以，小豬醫師開給你的衛教處方箋，也是一張親子共讀處方箋；希望你不僅向內閱讀自己的身體與健康狀態，也能向外去閱讀這個世界、閱讀時事和閱讀疫情。更希望你能從與家人們的對話中獲得人生智慧，從閱讀時事中參與社會的脈動，最重要的是透過閱讀我們會看清楚自己，也能把周遭的人、事、時、地、物看得更清楚；一如哲學家尼采所說：知道為何，人類就能承受任何！疫情猖獗的時期也是如此啊！

醫師的盡心閱讀，是醫囑、是衛教、是醫師對病人的愛！

病人的靜心閱讀，是增能、是健康自主、是對自己的愛！
大家一起淨心閱讀，是共築、是銘記、是記住人類的愛！
親愛的孩子，謝謝你耐心的讀完這封信。
祝福你有一個健康又快樂的童年！
祝福你每天都能和爸爸媽媽一起共讀！

小豬醫師合十
二〇二二年六月二十九日

父子同病相憐

本文獲第三屆「最美的醫療人文」徵文比賽 佳作

陳金城 · 大林慈濟醫院院長室

醫學的發展是日新月異，學無止境，但如果只是畏懼醫療糾紛，刻意把風險評估提高，導致病人判斷失準，一個個寶貴的生命就可能因此而流逝。

二〇〇六年某天早晨，我才剛剛結束第一檯刀，正在恢復室觀察病人狀況，突然一位護理同仁急忙跑過來，手中拿著一個大牛皮紙袋，可能是過於緊張，她一邊喘氣，一邊斷斷續續地訴說要請託的事。

「陳醫師，可不可以拜託您幫我哥哥看片子？」她臉上露出相當著急的表情。

「好啊！沒問題。」我不假思索的答應道。

在門診裡，已有許多四處求醫而碰壁的患者，一般都是已經跑遍北、中部的名醫之後，最後才到南部醫院尋找奇蹟。

手中接過片子，我聚精會神地盯著那張黑白影像，隱約在頸椎的地方，看起來暗藏著波濤洶湧的危機，初步推測應該是瘤沒錯。

「帶你哥哥過來醫院，這看起來是長在頸脊髓內的瘤，可以手術取出。」簡單幾句話，我告訴她影像中所透露出的訊息，雖然這種瘤很少見，但卻可以經由手術解決，它不是不治之症，不過不治療的話卻會要人命。

這段氣氛沉重的對話後，護理同仁忍不住哭了出來，她說：「五年裡，跑遍了北、中、南各家醫院，每位醫生都不敢替哥哥開刀，叫我們回家再觀察看看，一直等到現在，哥哥手腳都不能動了，沒想到陳醫師您願意幫我們動手術……」

我趕緊回應她：「這個手術不是不能做，只是技術上的問題，我一定會盡全力幫忙。」

很多時候，生病難免讓人變得脆弱、聽任擺布，但也因此考驗著取決於彼此信任的醫病關係，所以只要是對病人好的，對我而言，即使是冒著再大的風險，若能夠讓這些病人生活回歸到正軌，我都願意勇敢迎戰。

「更何況不懂的地方還可以找書上的資料、詢問老師，其實選擇治療的方式有很多種，而非受限於技術層面的不同。」我再次補充道。

幾天後，雙腳呈現癱瘓狀態的吳先生，由家屬推著輪椅緩緩走入診間，他的神情看起來憔悴而空洞，我看著他，眼神似乎試著抽離同情之中找到希望與現實之間的平衡，一個二十幾歲正值青春年華的年輕人，卻必須面對生命無法掌控的事實。

由於時間太久，吳先生的脊髓神經已受到嚴重壓迫，現在的他，連手都呈現無力狀態，雙手、雙腳逐漸萎縮，平日行動必須借助輪椅，甚至每天只能躺在床上，無奈地守候著日落月升。

「五年前開始有手、腳無力、麻木現象，剛開始麻木感只出現在右邊手腳，原本以為是工作過於勞累所致，想不到過沒幾天，這股麻木不適延伸到左手腳，後來才趕緊到醫院檢查，結果醫生說，檢查發現脊髓的第三至第五節有黑影，不過勸我先別動刀，因為風險非常高，很有可能在手術過程中失去性命，最好再等一陣子不能動時再說。」吳先生神情木然地敘述著坎坷求醫經歷，北、中、南各大醫院及名醫都找過了，最後所得到的答案卻都相同。

「開刀風險太大，再觀察看看。」就這樣，一次又一次的從懷抱希望中絕望而回，五年以來，沒有一位醫師敢幫吳先生開刀。

吳先生接著說，「另一位醫生還說，我的脊髓裡長了罕見的『血管母細胞瘤』或『血管動靜脈畸形瘤』，且腫瘤異常巨大，約有五公分，因為壓迫到神經系統而影響行動、四肢功能，一般此種細胞瘤約為二至三公分，所以增加了手術上的風險，勸說不要動刀，繼續觀察看看。」

「相信天無絕人之路，當一扇窗被關閉時，一定還有另一扇窗開啟，終究會找到敢替我動刀的醫生，更何況，我的孩子還小，不能沒有爸爸。」吳先生憑著這股堅韌的毅力，與家人的鼓勵撐到現在。

在聽完了吳先生的敘述後，我更堅定要為他做治療，因為病人不是只有一個人，而背後還有著家人、親戚、朋友，若是不幸往生了，這些愛他的人要怎麼辦？本來這個病就是可以治療，當然不能把他放著不管。

門診中，我開了一張做核磁共振的血管攝影檢查單，請吳先生做完檢查後再回來診間，一切等看到片子後再討論。

原本如穹宇般的高深莫測疾病，現在透過電腦中影像清楚可見，我告訴他，讓你五年來飽受病痛折磨的是一種「頸脊髓內血管母細胞瘤」，這種瘤雖為良性，但卻相當罕見，如果沒有即時醫治，只要時間一久，最後會導致手腳癱瘓、肌肉萎縮，病患最終則永久癱瘓無法復原。

吳先生的家人為他安排好一切住院手續後，在手術之前，我向病人及家屬說明手術的危險性，由於此腫瘤不僅巨大，同時腫瘤上還布滿許多血管，所以增加手術上的困難度，若過程中沒有相當仔細，可能就會因血流不止而死亡，且因腫瘤位置在頸椎第三到五節，掌管呼吸、四肢功能，如果受到破壞，後續腳的運動功能、感覺功能、平衡感，甚至大小便等都會受到影響，而這次開刀目的主要是治療疾病，不是只為了將腫瘤拿掉，所以必須在神經功能還有機會恢復的時候，趕緊做治療，才能提高復原的希望。

「知情同意」有時說起來很簡單，醫生說明風險與好處的輕重權衡，表面上看似鎮定而理性的病人，依照自己的意願做出決定，但往往現實情況則大相逕庭，病人其實既驚慌又懵懂，他們哪裡知道醫生有沒有本事成功地將病痛拔除，將他們從地獄中拉回天堂。

儘管科技日新月異，手術依舊充滿風險，但病人及家屬所懷抱的希望，總讓我在不知不覺中，費盡了心思想要處理病灶，拯救病人的生命，哪怕是要為患者承擔風險責任。

拯救人的生命就是在跟時間賽跑，不允許外科醫生有一秒鐘的遲疑，我走向刷手槽拿起刷子開始清洗雙手，仔細地一指一指刷過、碘液消毒後，反覆兩次確定消毒完成才走進手術房，這一切為的就是確保患者在無菌狀態下開刀安全。

在裡頭準備的刷手護士協助好所有裝備後，我開始集中精神進行這場危險而困難的挑戰。

手術中，為了順利移除腫瘤，同時又要顧及不去傷到旁邊正常的組織，以避免產生併發症，造成功能上的缺損，甚至危及生命，我小心翼翼的將腫瘤與神經剝離。手術經歷了六個小時後，腫瘤不僅清乾淨了，原本脊髓空洞症的部分也已經復原。

遇到困難的手術，每一位外科醫師總難免緊張地等著病人退麻醉，縱使很肯定自己沒造成任何傷害，我正是用這種心情在恢復室守候著病患。

「吳先生，吳先生……有聽到嗎？來，手動一下，腳也動動看。」我看著他，心情正如熱鍋上的螞蟻。幾聲呼喚之後，病人終於清醒了，經歷浩劫重生後，他微微睜開雙眼，正試著慢慢移動手和腳。

「太好了！」我瞬間解除了壓力，歡喜地走出恢復室向吳先生的母親與妻子說明術後狀況。

「手術一切順利，剛剛檢查手和腳的功能都沒問題，但是因為當初錯過了治療時間，導致嚴重萎縮的雙手無法完全復原，接下來就要靠你們自己努力做復健，讓手腳功能慢慢恢復。」

「謝謝醫生，謝謝您！」吳先生的妻子激動的流下眼淚，母親更是緊握著我的手頻頻點頭道謝。

「真的很感謝陳醫師當時沒有放棄救我，否則這輩子可能都要臥床度日了。」吳先生出院前不斷道謝，在他身上如實地見證了生命的堅韌與奇蹟，或許還有許多像他這樣到處求診而碰壁的患者正四處流浪著。

沒想到相隔六年之久，在一次值班時到急診室看照會病人，無意間在不遠處看到那似曾相識的面孔，吳先生的媽媽正站在病床邊揮手打招呼。

「陳醫師好。」簡單一句問候，她臉上露出擔憂卻真誠的笑容。

「怎麼了？吳媽媽。」從她兒子住院治療期間，大家都已習慣稱呼她為吳媽媽，最後連我也是。

「我先生他今天出門工作時，不知道怎麼突然昏倒，幸好被路過的人發現後趕緊送來醫院。」吳媽媽大致上描述一下狀況，她是在事情發生後才接到通知。

我輕拍吳媽媽的肩膀安慰她先別想太多，一切都等檢查結果出來再看要怎麼處理。

只是，沒想到最後的檢查結果卻是造化弄人，電腦螢幕上的影像竟然是血管母細胞瘤，也就是說，吳爸爸的疾病和兒子相同，只是瘤長的位置不一樣。

透過電腦螢幕裡的檢查影像，我仔細地跟吳媽媽解說：「這個瘤和你兒子的一樣，只是長的位置不容易處理，它位於延腦連接頸脊髓之間，若不趕緊處理的話，恐怕會影響四肢功能。」

吳媽媽開始述說病情：「我先生平時靠著打零工來維持生活家計，身體一向硬朗，平常很少生病，但就在幾年前手腳開始出現麻、無力、身體不平衡，原本還以為是長骨刺的問題，後來醫生有建議要開刀，但由於擔心開刀的後遺症，所以都長期藉著止痛藥過日子，沒想到這次跌倒反而是救了他一命，查出真正的病因在哪兒。」

當得知自己的病情時，吳爸爸雖然感到愧疚，怎麼也沒想到兒子的疾病是來自於遺傳，不過當談到需要開刀時，他還是勇敢地接受，沒有任何恐懼，完全把自己交給醫生。

吳爸爸說：「我對陳醫師很有信心，兒子的命也是他救的，這一次慶幸自己因禍得福，我比起同樣疾病的兒子幸運許多，能在早期發現並將腫瘤拿除，才免於一輩子癱瘓的命運。」

由於吳爸爸的瘤長在延腦連接頸脊髓之間，加上這種血管母細胞瘤容易出血，所以開刀時風險很高，需要小心謹慎才不致於造成大出血及脊髓傷害，而有些瘤還會長在小腦及視網膜，有些則會合併有腎臟囊腫、胰臟囊腫、嗜鉻細胞瘤等，甚至出現腎細胞癌，除了發現時應儘快手術切除，術後也必須做定期追蹤。

似乎每一個生命降臨，都接受了上天的賦予來完成某些特殊的使命，生命的成長過程又將遭遇種種的挫折與磨難。手術後已能自然行走的吳爸爸，雖然對於遺傳這種疾病給兒子內疚不已，但面對未來這條漫長的復健之路，父子倆不僅彼此督促對方，也不忘相互鼓勵，一同邀約做復健，在無形中讓親情更加溫。

而吳媽媽這位經歷傳統父權社會的偉大女性，從單純的家庭主婦，一夜之間承擔起家庭重要經濟支柱，為了接送先生及兒子到醫院回診、復健，六十多歲的她報名學開車，即使不識字，還是克服一切困難，順利考取駕照，其他的空檔時間則在家接做手工工作。

或許，對一位徘徊在絕境邊緣的人來說，樂觀、永不放棄的毅力，正是那燃起希望的光明之燈。

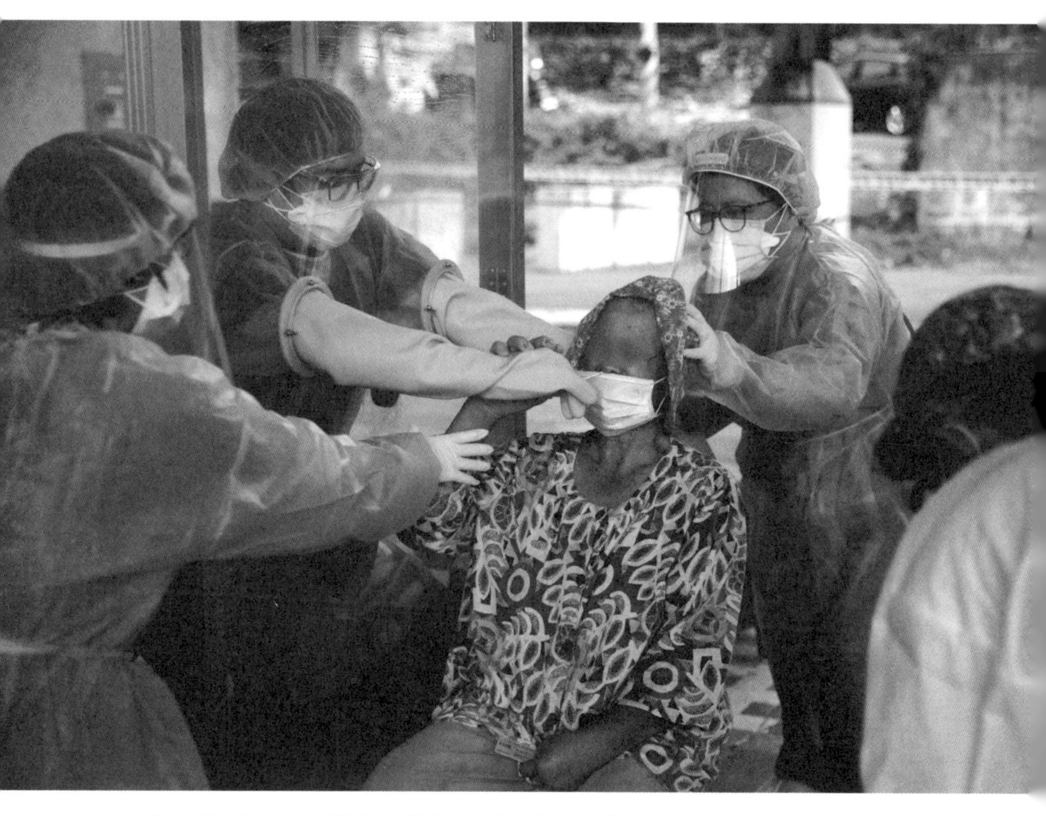

疫情期間，花蓮慈濟醫院經常緊急動員、出動大批同仁前往部落或社區等潛在風險區協助大規模篩檢，也曾安慰一些因為緊張而哭泣的老人家，「阿嬤，別怕喔，一下子而已，鼻子會有點酸酸的……」　（圖／花蓮慈濟醫院提供）

第三部
白衣護師 憐惜眾生

我記得妳聲音裡的祝福

本文獲第三屆「最美的醫療人文」徵文比賽 佳作

王琬詳・花蓮慈濟醫院護理部

「妳是照顧過我的護理師，我記得妳的聲音，我住在加護病房的時候，每次聽到妳的聲音就會很安心，因為妳不管是幫我翻身、拍痰、灌牛奶或是換藥，做什麼動作都會先跟我說一聲。當時的我雖然因為生病，嘴裡裝著呼吸器，身體也都無法反應，但我的聽力很清楚，每天都很期待是由妳照顧我，因為在妳上班的那幾個小時，我都可以很放心。上個禮拜我出院了，心裡就想說一定要找機會回來加護病房找妳，當面跟妳說聲謝謝，但因為我不認識妳，只記得聲音，所以只好一一聽妳們的聲音來辨認。」

一位戴著鴨舌帽，在會客時間走進加護病房，到每個床邊靜靜聆聽的年輕人，走到我照顧的床邊後開心的跟我說了這一段話。但，我對他的臉，卻是一點都沒有印象。他沒等我的反應，就又自顧自地繼續說著他的加護病房歷險記，而我也從他的口中，點滴拼湊起他住在加護病房的印象：

一位遍體鱗傷的多重外傷加休克「病人」；和此刻站在我面前充滿笑容的「他」，差異實在太大，但也因為他清亮的嗓音，讓我原本因忙碌工作感到煩躁的心情瞬間被轉換，我就稱呼他為阿亮吧。

與死神拔河

時間把我拉回阿亮進加護病房的那天。

記得當時一上班，就接到急診的訂床電話，心想：今天又是充滿挑戰，念頭還來不及形成想像，下一分鐘，急診同事就推一位滿身血跡的病人進加護病房，一接上床邊心電圖監視器，收縮壓不到60毫米汞柱，看到這樣的場景，大家心裡都有數，要從死神手中拉回這位病人，很不容易。

但，才二十歲出頭的病人，這麼年輕的生命，說什麼，我們都要用盡全力拚搏。還好，在團隊精準快速的處置後，病人的休克症狀很快地被控制，接著，我們用最快的速度找來了神經外科、骨科及一般外科的醫師們前來評估，並在取得家屬的同意後立刻推入開刀房。

當阿亮進入開刀房後，我接著到病房外和阿亮媽媽收集相關資料，阿亮媽媽哭著說，阿亮才剛大學畢業，今天早上高興地準備上班開始他的職場新生活，哪知道在轉彎時，就被一輛逆向的轎車撞上，接著就被送來醫院的急診室。「我們阿亮從小就是很乖的孩子，他爸爸因為生病很早就去世了，這孩子知道家裡經濟不好，從來不會跟我要求要買什麼東西，高中之後就一直是半工半讀的念到大學畢業，從來都沒讓我操過心。今天他出門前還告訴我，他會認真工作存錢讓我過好日子，沒想到怎麼就出了車禍，還受了這麼嚴重的傷，看到他滿身的血，我的心，真的很痛。」

阿亮媽媽哭紅了眼，斷斷續續地回答我們對於阿亮過去病史和生活習慣的提問，好不容易把該收集的資料完成後，不知為何，看著哭成淚人兒的阿亮媽媽，那時的我突然很想給她一個擁抱，心想這樣的擁抱也許可為悲傷的心裡注入一股暖流，為無助的她帶來一點力量。我伸手抱了抱阿亮媽媽並跟她說：「我們一定會盡全力幫助阿亮，但都說母子連心，所以現在的您也非常重要哦，您要在心裡為阿亮加油打氣，讓他知道您很需要他，也一起為他祝福，因為他的手術時間還要很長，所以您可以先回家準備一些他平常喜歡聽的音樂，等他從開刀房出來後，我們可以放在他的床頭放給他聽；如果有些親朋好友也想幫阿亮加油，也可以請他們把鼓勵的話錄成錄音帶，我們會輪著播給阿亮聽，讓他知道他不是一個人面對生命中的這個大劫數，相信這對阿亮也會有鼓勵和支持的作用。」

聽我講完這段話後，阿亮媽媽突然止住了淚水，給了我一個微笑說：「對，我也要勇敢，不能讓阿亮在這麼辛苦的時還擔心我，我要像妳說的一樣，在心裡為他加油打氣，叫他不能放下我一個人，一定要努力的拚，回到我的身邊。那我先回家收拾一下東西，阿亮最喜歡聽張雨生的歌，我再一起帶過來，到時候請妳們播給他聽。」當天下班後的我走出醫院，看到和今天一樣的大滿月，我對著月亮祈禱，希望菩薩保佑這位孝順的孩子，能夠平安順利的完成手術，讓這場不幸轉為祝福與考驗。

阿亮的手術經歷了十多個小時，在當天的半夜回到加護病房，隔天再次上白班的我，在會客時間第二次見到阿亮媽媽。她看著心愛的兒子，如今全身布滿醫療用的管路，淚水不斷地從她眼中滴落，她一直跟阿亮道歉，認為是自己沒能力，才讓孩子遇到這樣的事情……

站在一旁的我，多少能體會她的不捨和懊悔，但，又覺得若只是一直哭，對阿亮的病情也不能有什麼幫助，而且心裡會越來越苦。所以，我輕輕地問阿亮媽媽：「我們要不要一起來幫阿亮洗洗手腳？雖然他現在可能沒辦法回應，但我相信他可以聽得到我們的聲音，也可以感受到我們的關心，這也是一種加油打氣的方式，而且可以讓阿亮比較舒服哦。」

阿亮媽媽抬起她滿布淚痕的臉問我說：「可以嗎？我可以幫他做這些事嗎？」

「可以呀，我帶著您做，然後我們來放張雨生的〈沒有不可能的事〉給阿亮聽，要他也為自己加油，相信阿亮聽到我們的祈禱，會感受到我們與他的同在，一定也會為自己努力，度過這個難關。」我笑著堅定地和繼續跟阿亮媽媽說：「就像我昨天跟您說的，我相信母子連心，阿亮那麼孝順，他聽到您一直在哭，心裡也會很難過，這樣說不定會影響到他跟病魔奮鬥的意志力，所以，您也要多一點勇敢呦，就像您們平常聊天一下，多跟他說說話，讓他知道您一直都在他的身邊，不曾離開，所以他自己也要卯足全力，和病魔戰鬥。」阿亮媽媽用力的點頭，接著跟著我的指令，慢慢地為阿亮的四肢進行溫水擦拭，透過這樣的方式，讓這對母子開始了「有溫度」的交流。

病床邊的溫柔

阿亮在學校應該是個很不錯的學生，住院期間，有很多以前教過他的老師和同學都會到加護病房來看他，原本站得很遠的他們，透過我們的說明和鼓勵，慢慢的學習到一進來就會靠近阿亮耳邊先自我介紹，接著為他加油打氣；阿亮媽媽也在我們的教導下，學會了如何幫她親愛的兒子做被動關節運動（Passive ROM Exercise）。接著，每天的會客時間，不再看到阿亮媽媽哭泣的臉，反而純熟的幫阿亮洗泡手腳、按摩等，過程中帶著一種期待和祝福，甚至會小聲地跟著張雨生的歌聲，輕輕的唱和，在滿是冰冷維生機器的床邊，建構溫馨有動態的畫面。

也許是我們的醫療精準治療，也許是母子連心的感應，也許是阿亮旺盛的生命力，和阿亮媽媽殷切的愛呼喚，阿亮很快地從死神的課堂中，逐步往人間走回，病情一天比一天好轉，呼吸器也在入住後兩週就訓練到可以脫離，手術後為了幫助引流腹內和腦中血水的各種管路，也陸續移除，原本不會動的身體，慢慢的對我們的指令有了反應，甚至可以張開眼睛，發出一些簡單的聲音。那兩週我雖沒有每次上班都照顧他，但到會客時間，會和阿亮媽媽相望，然後微笑，是一種默契吧，用眼神鼓勵阿亮媽媽，用祝福和期待取代哭泣，相信有一天，她終將可以從與死神的賽局中，贏回她乖巧又孝順的兒子。

「護士姊姊，這是我媽媽說一定要給妳的水果禮盒，妳一定要收下，不然我回家會被我媽媽罵。」此時站在我面前的阿亮，神清氣爽，說話清晰，雖然走路時還有些許的顛跛，但已和我記憶中的樣子完全不同，能夠用生命陪伴生命重生，這種感覺，真好。

歡喜又感恩的收下阿亮的禮盒後，往單位餐廳走去，在白板上寫下阿亮與媽媽對大家的感恩，特別送來水果。那時，心裡有著滿滿的感動，我發現我的眼角竟然也有淚，因為這些我們每天在做的事，對我們來說都是本分事，但卻能為無助的病人和家屬帶來溫暖與希望。

這次的照護經驗也讓我知道，原來學校老師教我們的：「不管病人有沒有反應，照顧他時都要把他當作聽得到，做什麼事都一定要跟病人說明，這是一種對病人及自己專業的尊重。」這件事，原來是真的。謝謝阿亮，讓我知道護病間的交流可以是溫暖又動人；謝謝阿亮媽媽，讓我明白當家屬的情緒悲傷時，除了靜默，我們還能夠做哪些不同的選項；謝謝自己，是個聽話的學生，將老師教導的話記在心上，落實在照顧病人和家屬的過程中，作為一個能在別人生命陷落時出點力的護理人，真心覺得這樣的工作真是有意義又充滿福報。

二十多年後的此刻，雖有疫情讓我們每一天都充滿考驗，每天的不變就是不停的應變，過程中有時心裡難免會升起沮喪和負向，但今天走出醫院時突然看見的超級大月亮，讓我想起這段往事，心，頓時就又溫暖了起來。相信孝順又開朗的阿亮，現在一定已經完成當時對媽媽的承諾，也已經是位能為世界帶來正向力量的人。

能夠當一位護理師，真好。

本文獲第三屆「最美的醫療人文」徵文比賽 佳作

體驗病人的痛，苦過病人的苦

歐軒如．花蓮慈濟醫院護理部

今年是我從五專畢業的第十四年，也是邁入我護理生涯的第十二年，時間過得好快喔，從一畢業就進入職場工作，現在已經從一個菜鳥小護士變成一個單位的護理主管了，也從學妹變成學姊，原本以為我的護理生涯會這樣一路順遂的走下去……，然而在我工作的第十一年，發生很多人生中的第一次經驗與體會。

回想起兩年前，我在左邊的胸部外側摸到一顆約兩公分大小的半顆乒乓球的腫塊，一開始還想說是賀爾蒙的影響應該沒關係，兩週後，怎麼這個腫塊還是跟著我？所以鼓起勇氣，看了第一次的外科門診，醫生安排我做了人生中第一次胸部超音波及乳房攝影，然後發現乳房攝影沒有傳說中的那麼疼痛，可能是因為我肉比較多的關係。

檢查後安排了人生中第一次切片檢查，原來，局部麻醉進行切片比想像中的痛，忽然覺得平常在臨床上照顧的病人都好勇敢喔。五天後，切片檢查報告出爐，第一次全家大小一起看門診，聽著醫師解釋自己的切片報告診斷：乳癌第二期。

想起聽報告的那天，我坐在醫師旁邊，小腦袋瓜裡開始想，我這輩子有做什麼不好的事嗎？怎麼可能？我人還不錯，我怎麼可能被老天爺關照了，我照顧病人的時候都很認真啊，那些我照顧過病人的環節開始在腦袋裡面轉……耳邊聽著醫師說：「要先化療看看效果如何，對腫瘤的影響如何，化療結束後再進行手術，手術後還要進行放射線治療，預防腫瘤復發……」醫師的解釋聽著聽著，我本人還在想怎麼這樣，來不及哭泣的時候，轉頭看到我那可愛的一家人比我先掉淚了，反而是我，一滴淚都沒流的離開門診。

隔天，立刻通知我的主管檢查報告跟後續治療方式，心裡盤算著自己要先把單位整理後，再交班給我的副手，大概還要半個月後才開始進行治療，盤算著要跟醫師約好治療的時間，而這時候，在護理部這一群有愛的主管，比我更快決定我的放假日期，讓我立刻放假去進行治療，所以我很快地開始我的假期。

這是我人生邁入三十二年，第一次當住院病人的感覺，原來住院的時候真的會想念家裡的枕頭、棉被……。第一天睡在醫院床上翻來翻去睡不好，原來睡在醫院的床是這種感受，終於可以了解為什麼病人住院的時候都會說不好睡。

要開始接受化學治療前，得要先去開刀房放置人工血管，平常照顧病人的時候都會對病人說，這是一個小手術，採局部麻醉，心裡想著很簡單啊，我都顧過多少病人是放置人工血管的，開完刀好像都好好的。但是當自己變成病人，推到開刀房的時候，才感受到心臟快要跳出來的緊張，躺在手術臺上想著原來這些病人是這種感受，是那麼地害怕不安，原來當病人真的需要護理人員好好的安撫及說明，不好的感受會改善許多。

手術很快、很順利地結束並回到病房，但是麻醉藥退後，傷口的疼痛讓我的手舉不起來，心裡佩服著以前照顧的病人，從來沒有病人因為放置人工血管喊疼痛，可是這個手術後的疼痛是我沒有想過的，心裡盤算著要告訴醫師，原來這個手術很痛，要好好善待病人，那天晚上我就靠著止痛藥跟冰敷中睡著。

隔天開始進行我人生中第一次化學治療，化學治療前施打一些抗過敏的藥物，以前照顧病人時會向病人說明打這些藥物會想睡覺喔！從來不知道原來這種藥物打下去會天旋地轉，三秒鐘後入睡，我今天終於體驗到了。有了這次經驗，我現在回到臨床照顧病人打抗過敏的藥物時，都會向病人及家屬說明清楚藥物使用及可能產生的不舒服狀況。

接下來邁入重頭戲，開始進行化學治療，我們所學的是化學治療之後免疫力會變差，所以什麼可以吃、什麼不可以吃，開始打化療後會掉頭髮，體力會變差，但是當我變成病人的時候，困擾的不是什麼可以吃而是吃不吃得下，困擾我的不是會掉頭髮，而是夏天戴假髮，頭好熱喔，困擾我的是如何調整我的作息，這些都是我當病人之後的體驗，讓我有更多資訊能在後來繼續工作時分享給我的病人。

工作休息了三個月、持續進行化學治療中，忽然發現我除了治療之外，多了更多時間去完成我之前想完成的事，如和家人一同家族旅遊，還有學習做烘焙，讓我心態有了轉變，從那個「怎麼可能是我」的想法轉變成老天爺是要我停下腳步休息，多點時間看看身邊的人事物，讓我有更多時間愛自己，也愛家人，所以休息半年內，化學治療順利完成了，覺得最難熬部分過去了。接下來就是進入開刀部分，害怕著手術後的疼痛，但是發現，其實沒有想像的那麼痛，但是剛開完刀下床暈頭轉向，需要有人扶才可以去上廁所，所以現在我在臨床上照顧病人，手術後回來會向病人及家屬解釋，手術後下床注意安全是一件很重要的事，對於沒有家屬陪伴的，也會多探視幾次給予協助，讓病人比較安心。

手術過程也很順利地熬過了，最後來到一開始覺得最輕鬆的放射線治療了，一開始治療就好像照X光一樣，躺上去治療檯約十五到二十分鐘便結束，經過了化療跟手術，覺得這是小case，但是放射線治療讓皮膚變得脆弱，加上治療，在胸部上破了一個0.5乘以0.5公分的小洞。由於還是要繼續治療的關係，我的傷口逐漸變大來到一個手掌的大小，開始求救關心我的傷口護理師學姊們，經由學姊們換藥的巧手及放射線治療休息了兩週，傷口逐漸長好，但是在治療的過程中，有著一定的衝擊。覺得終於來到最後一關又是比較輕鬆的，但是卻讓皮膚破損的疼痛嚇到了，也讓我多了一層的體會，放射線治療前皮膚的保護要做好，不要用手在進行放射線治療皮膚抓癢，也是可以很輕鬆度過這次的治療，如果有任何問題，我們也有傷口護理師可以提供資訊。

現在我所有治療都結束半年了，開始回歸臨床、繼續服務病人，但是心態上卻有更大轉變，覺得自己除了照顧病人生理不適，更能貼近病人的心理，以自己的這些經驗來跟病人分享，治療過程中什麼可以做，我們還可以完成哪些事情，還有哪些要注意的。讓住院的這些病人不覺得我只是護理師的角色，而是一個以站在他們立場，站在他們角度去想的人，以一個病友的角色，去提供他們需要的資訊，提供一個大家都有的經驗，讓他們比較可以接受。

而這群病人看到我經過治療後，也很健康的回歸生活及工作，他們也更有信心去對抗病魔，度過整個治療過程。

還有一位病人，她住院那天，看到我去查房，拉著我的手說「在等我去看她」，這次換她跟我分享她喝到很好喝的黑糖，還帶來跟我分享並對我說，住院看到我就讓她很安心，我想那一刻，不只是我治癒病人的心理，她的回饋也讓我心裡獲得滿足。還有一床病人，原本已經躺在床上要休息了，看到我去查房，從床上坐起來，她說，看到我之後就不想睡了，因為她要跟我聊天。

我想老天爺讓我生病之後還能回到臨床繼續工作，持續服務有需要的人，一定是有道理的，我也會持續在這個工作崗位上努力，讓這些病人除了生理不舒服被照顧到，心理的需求也能夠被看見、被填滿，我想這就是護理的價值吧！

將病人視為親人

劉芮伶．台北慈濟醫院急診部

至台北慈濟醫院急診服務已三年，這次想分享的在急診室遇到的那些感動。我是一名在慈濟體系之下土生土長的護理人員——慈濟科技大學畢業後於花蓮慈濟醫院服務、也曾去過其他醫療院所工作，但最終又回到台北慈濟醫院。選擇回頭的原因很簡單，因為我覺得慈濟對病人不是只有服務態度或是醫療專業度高而已，而是讓我可以在這個環境下，全心全意為病人付出，並且不會被嘲笑為病人做得太多了，我認為這才符合一名「護理師」的職業素養。

感恩上人創建了慈濟學校，教會了我如何感恩、教會了我尊重及愛，也教會了我勇敢面對困難並且努力堅持不懈。當初我一個行李箱跨過半個臺灣到花蓮讀書，在進入慈濟學校就讀前，我是一個容易怠惰又玻璃心的草莓族、沙發上的馬鈴薯，每天生活沒有志向、沒有目的、弄不懂護理是做什麼的，尤其是護理的真正意義是什麼，當時的我真的無法回答這個問題。在慈濟學校帶我的老師、懿德爸媽、精舍來學校講課的師父們、還有同班同學們，一路上陪伴、每一個事件的影響，造就了我日後成長進步。

但無奈我性格上有惡劣的習氣，雖環境改變了我的思想，但習氣真的很難改。或許我的文字，不像是一個慈濟人會寫的那麼溫和，但是我還是想讓更多人知道，在慈濟體系下成長的護理師，是用什麼心境在護理病人的。只依醫囑做事情、每天將業務如同公文待辦事項一個一個高效完成的，是個專業的護理師；但是在工作的過程中，能夠在心靈上進化，同體大悲、人傷我痛，人苦我悲，一個具有慈悲心又專業的護理師，並發自內心為了志業服務，將病人當成自己的親人，我想，就是臨床護理師最終的樣貌，也是我理想成為的樣子。

自從入職這三年以來，我一直跟新進的學妹說，我們或許不是全臺最大的醫院，但是我們醫院的急診室醫師及護理師團隊，應該算是十足能把病人當成自己家人照顧的一群人，不管是對病人、對家屬，還是同事之間也都超有愛。有待過醫療業、甚至沒待過醫療業的都些微知道，醫療行業就是一個血汗行業，醫師薪水也沒有大家想像中的這麼高、護理師實際上領的也是每個月餓不死也發不了財的薪資，然後每天醫師跟護理師都累得要命，累到回家都要拿筋膜槍按摩的那種，而大環境就像股票裡的熊市，每家醫院都是如此血汗。但是我們的收穫不同，這裡指的不是金錢上的，而是心理滿足感，同樣低薪的工作環境，當然是要挑能在工作中獲得成就感的，而且同事都很友善的工作環境啊！（哈哈，我這樣寫會不會被主管抓去約談？）

請聽我娓娓道來，為什麼在慈濟體系的醫療人員，是真的把病人當成家人在照顧，而這些都是我在臨床現場遇見的真實故事。

慈悲的醫護

首先我想講久哥的故事，久哥是我們急診部主任，我以前還在花蓮慈濟醫院急診服務時，他便曾專程從臺北來花蓮指導高級心臟救命術（每一位急診專業人員，都受過此門專業課程）。那時候見到久哥，覺得他就是一個對教學很有熱誠的醫師，實際來臺北工作後，他也是這樣，每天上班照顧病人十二小時，下班了竟然還有體力開會、開課，好似有用不完的精力。我常常會在下班的時候看到他仍在給新來的住院醫師教學。有時候久哥也會遇到很盧的病人，他也不會因此失去耐性，而是好好的跟病人說明。往往病人聽了他的說明後，都會滿滿意意、面帶笑容，即使是面對很不講理的病人，也都從不曾見過他對病人生氣。

軒醫師，他開醫囑真的是超級細心。每次醫囑開出來都厚的可以直接出半本書，病人一多，我們的待處理醫囑，就會堆得跟山一樣高，永遠做不完，但是他自己很堅持一定要幫病人做完整的檢查，才不致疏漏病因，對病人也有保障。直到有一次我走路跌倒扭到腳，成為病人給軒醫師看病，我從沒看過一個醫生，會去把病人的腳捧起來踩在自己身上，仔細檢查病人腳的受損情況。經過了這次，我觀察他，並不是因為我是同事他才這樣，他是對每個病人都是這樣的，他總是皺著眉頭思考著、幫病人對症下藥，難怪病人都說喜歡他，如果沒有把病人當家人，他才不會做到這樣的程度，也不會如此受到病人的喜愛。

我們急診有位廖醫師，我來這裡三年期間，最少看過五次這位主治醫師親自推輪椅帶著病人去照X光，然後再把病人推回來。有時候是推輪椅、有時候甚至是推床，你們能想像嗎，一個念書念到醫學院畢業、當了好幾十年的主治醫師，這麼的沒有架子，願意親自下去服務病人。他總是笑笑的，對病人跟同事都很和善，說「沒事你們忙」，然後他手裡正在被推的病人，一直跟廖醫師說謝謝，因為他平常就對病人很親切，所以病人也對他很好。

嗯，偷偷說我會希望新來的學妹可以留在我們這裡的原因，是因為其他的醫院或多或少都有那種大頭症的醫師，就是那種，覺得自己念書很厲害、高人一等，然後就不太尊重同事、也不太尊重病人跟家屬，覺得病人跟家屬都是笨蛋、對病人家屬態度都很不耐煩的那種醫師。我不喜歡這種醫師，因為即使醫術再厲害，他不懂得尊重人都是失敗的，其實大家都知道臨床有這種醫師的存在，只是大家都不敢說而已。目前，我們台北慈院急診所有醫師包含住院醫師，都沒有這種大頭症，真是非常難得的良性環境。

以雙手接捧病人突來的吐血

肥肥護理師，他雖然已經沒有在台北慈院急診服務了，但是他做了一件很感人的事情，讓我記憶很深刻。有一次，病人突然大吐血，他打開他的兩隻手，去接從病人嘴裡噴出來的血，我還記得那個阿公一邊吐血一邊說：「對不起啊、對不起啊！」肥肥說：「沒關係、阿公你就吐，不要緊。」這個故事我也常常跟同事分享，他們都覺得肥肥很勇猛。我的意思不是說肯徒手去接病人血的護理師才是好護理師，我是陳述能做到張開雙手去接病人吐血的護理師，絕對是一位會把病人當家人的護理師。

Vincent學長是我們急診的專科護理師，也是一個非常優秀的好爸爸。一天夜裡，來了一個酒醉暈倒的女性，她的丈夫也來了，也是喝酒暈倒，兩位都躺在我們急診的床上昏睡。他們的小孩大約六個月大，因為肚子餓一直哭、哭得好傷心、嬰兒身體也乾乾的，哭泣都沒有眼淚，這對夫妻沒有其他家屬可以顧這小嬰孩，急診也沒有常備的嬰兒奶粉，只能尋求其他單位學姊的支援（感恩嬰兒室在那天晚上給我們一些奶粉餵這孩子、還有照顧嬰兒的知識支援）。我泡好奶，Vincent學長一手抱著嬰兒、一手拿著奶瓶餵奶，小孩像是餓了很久，一下一瓶奶喝光光；他發現這個寶寶指甲縫有黑黑的垢，像是很多天沒洗澡了，於是拿起紗布、一點一點幫孩子擦手、擦身體，用棉被幫孩子鋪軟軟的床。Vincent學長上班業務也很多，但他還是一邊抱著孩子、一邊做業務，其他當班的急診好夥伴、媽媽們輪流帶小孩，讓孩子感受到愛的關懷與照顧。因為不捨孩子受苦，所以我們苦苦尋求資源來幫助這孩子。之後，我們幫這一家人請來了社工後續協助他們，希望他們能過得幸福。

在急診遇到的事情實在很多，我還記得有一天，急救室有一個氣喘的病人，堅持不肯插管急救，病人的血氧已經不到80%、並且四肢發紫、喘得要命，但是他堅持不肯插管。我當天只是路過的旁護，愛雞婆的毛病又犯了，我跟他說，拜託你、相信我們幫你插管，不然你馬上會死亡的！他想了三秒鐘，終於同意插管了，於是一大群急診室夥伴，火速幫病人插好管（讚歎自病人同意插管到病人插完管僅費時不到三分鐘的急診團隊），搶在最快的時間把病人送進加護病房，之後這位病人也順利出院了。感謝那天有求病人插管，才能看到病人康復，現在想想當時是衝動了些，僅是因為如果這位患者是我的父親，我一定會硬逼著他插管，因為這樣才能阻止可能更慘烈的悲劇，只做對病人最好的事。

做一名護理師需要具備的條件，除了醫療工作的專業，最重要的就是「視病猶親」。醫院急診的大門口、門診的大門口，都有一幅《佛陀問病圖》，我每天上班、下班都會仰望一眼，有時候會陷入沉思。行善不能等，每一天遇到的病人，都是新的善緣，感恩病人給我行善的機會，真正的修行就在人間，在每天的起心動念中。

我們急診室裡有五十幾名護理師、十幾名醫師、數名專師、還有志工、行政人員所組成，每個人有每個人的特色及故事，礙於篇幅有限，我只能寫出幾個印象較為深刻的故事，希望未來還有機會跟大家分享更多。

小心翼「疫」、「疫」同走過

葛沛汝．台北慈濟醫院護理部10A病房

「你好，這裡是護理站，等等護理師要進去病房囉，請問有什麼需要幫忙的嗎？」在進去隔離病房前，簡單的問候是我們在踏入隔離區所做的些微準備。

從二〇一九年年末至今，隨著突如其來的疫情影響著社會大眾，「專責病房」也這樣開啟了兩年，起初的我在踏入這小小的病房裡，內心總充滿著迷茫與恐惶，面對未知的疾病及各種不同的狀況，不像過去依據專科性照護，只要是確診，不管嬰兒、產婦、老人、壯年等都等著我們的照護，每天打開隔離病房的門就像開啟未知章節的挑戰故事。但也隨著經歷的積累，醫師、護理師、社工師……等的跨團隊合作，比起過去解決病人的症狀就好，著實成長很多。在發現確診者被隔離在病房也是充滿著擔心、害怕的心，如何去傾聽被隔離者的心聲，是我每天的課題之一。

喜

如果用情緒來訴說這些課題，新生兒的誕生是「喜悅」最好的代名詞。孕育一個小生命對許多父母而言是喜悅與美好的，然而疫情的波及下，染疫是許多父母最擔心的事情。

伶伶是我第一個照顧的新手媽媽，初次生產完後的身體變化以及即將要面對的選擇，是她最為苦惱的，尤其在要不要哺餵母乳。她聽人家說哺餵母乳可能會傳染症狀以及會造成身體的疼痛。生產完的不適及確診症狀導致十分虛弱的伶伶，在看到我拿著產後衛教單張時，一再重複著：「不用跟我說，我絕對不會擠母乳跟餵母乳。」看著伶伶的緊張，我告訴伶伶現在的她只要負責好好休息就好，並跟一同陪在伶伶身旁的丈夫說道：「媽媽生完的這段時間是最累的，我教你如何子宮按摩，會讓媽媽舒服一點。」

手輕輕的放在伶伶的肚子上示範著，告訴著丈夫每天要怎麼按摩、要多久，按摩子宮的好處，似乎看到伶伶越來越放鬆。丈夫十分認真地聽講著，手也一同學習著如何按摩，離開病房前我鼓勵著丈夫：「你剛剛做得很棒，這個衛教單張上的連結影片都是媽媽生產完的照護內容，會讓伶伶在這段期間更舒服，我們也會慢慢教導你們，照顧好你們，這樣你們回家後才能有更好的精力照顧寶寶。」

似乎是受到鼓舞，每次進去都可以看到丈夫細心照顧伶伶，她的精神也越來越好。到了產後的第三天，伶伶開心的告訴我「護理師，我今天開始有母乳了！我可以餵給我的寶寶嗎？」

「誒？你之前不是說絕對不會餵母乳？」我開玩笑地問著。

「我這幾天有聽你衛教啊，之後也有認真看衛教影片啦，既然不會傳染而且會對寶寶好，我當然要餵。」伶伶開心的說，並指著身旁的丈夫說：「妳放心，他已經學會怎麼擠跟收集母乳啦。」

「你們真的很厲害喔！」稱讚著這對夫妻，我將收集母乳的針筒給他們。當天，伶伶給了我們許多收集到的母乳，甚至鄭重的告訴我們：「一定要交給我的寶寶喔！」

看著從一開始虛弱地拒絕到現在歡喜學習的伶伶，十分感恩伶伶丈夫在這段時間細心的照護，以及產房其他染疫的媽媽們製作的衛教影音。在這段愛的照護下，相信寶寶也能從伶伶的母乳哺餵下，感受到這份愛與歡喜，平安快樂的成長。

怒

「學姊！怎麼辦！我一進去，十一之一的家屬就突然對我大罵，我安撫不下來。」在跟小夜交完班準備下班的我接到了學弟求救的訊息，詢問後了解到「怒怒阿公」因為確診後免疫力下降，身上開始長出許多疹子，儘管有使用藥物治療，然而無法忍受搔癢的症狀，不停抓癢的行為讓一旁照顧的女兒懷疑醫護人員是否根本沒有給予治療的藥物，許多的擔心、無助，最後轉化為憤怒。告知專師學姊協助開立再強一點的藥物後，大家開始思考，除了藥物，我們還能提供什麼幫助給怒怒阿公。

每天協助更換衣服、床單，透過社工購買適合的肥皂、乳液、洗衣精，減緩怒怒阿公的搔癢感；而因為怒怒阿公確診後選擇進入專責病房陪同照顧的女兒，除了每日醫師、護理師查房的時間，阿長透過電話傾聽著女兒在照顧上的擔心及住在專責病房多日的焦慮，隨著多日的陪伴、宣洩，以及大家共同照護下，怒怒阿公身上布滿的疹子也漸漸消退，女兒也從一開始對醫護人員抱有疑慮，漸漸地會笑著與大家說話。怒怒阿公因為失智症偶而會自行拔針，女兒也會拉著他的手說：「爸爸，你要聽話不能拔針喔，因為護理師們很辛苦照顧你，要你健健康康出院喔。」

從入院到出院，怒怒阿公與女兒住了快一個月，長時間無法與外界接觸的空間，久了總是容易讓人感到害怕、無助與憤怒，實際去發掘問題，透過傾聽、陪伴，提供病人與家屬所需的照護，才能發揮「人本醫療，尊重生命」的理念照護。

哀

「死亡」大概是專責病房最難的課題。身為護理師，除了要面對強力搶救下無法恢復生命的無力感，因隔離而無法見面的親友們的哀傷，如何去安撫、陪伴他們走過這段路程，也是我們需要學習的課題。

「我感覺呼吸不到空氣，胸很悶。」在接到「揪心阿公」不舒服的主訴時，我與專師學姊立馬跑進病房內查看揪心阿公的狀況，一系列的檢查發現原本就有心臟疾病的阿公急性心肌梗塞發作了，會診心臟內科、給予藥物、氧氣以及二十四小時的心電圖監測，揪心阿公的症狀似乎有好一點，然而隔天一早同樣的症狀又再次發生，這次伴隨著ＶＴ（心室心搏過速）。隨著專師學姊向女兒解釋病情以及詢問是否急救，揪心阿公表示：「就電一次，如果不行，就不要急救。」

在家屬與揪心阿公的同意下，我們開啟一次的急救措施，隨著電擊、藥物的使用，揪心阿公的心率仍不樂觀，看著逐漸昏迷、心跳越來越往下降的心電圖，再次聯繫女兒，女兒表示：「就尊重爸爸的意見。」聽著女兒不捨的語氣，我想著我在這短短的時間能做什麼？

與學姊共同整理揪心阿公的遺容，我們為揪心阿公拍下寧靜莊嚴的照片，用電話告訴女兒：「聽覺是最後消失的，妳有想說什麼的，可以告訴阿公，阿公現在會聽得到。」在我們的引導下，女兒用電話在揪心阿公的耳邊說：「爸，你放心的走吧，我們會好好照顧自己的，你放心啊。」

看著揪心阿公原本起起伏伏的心跳，隨著女兒的道別聲漸漸走向平靜，無法見面的遺憾與距離，在這份「道歉、道謝、道愛、道別」的心，也慢慢拉近，或許能為在世的家人們多一些思念，少一分哀傷。

樂

其實還有許多許多的專責故事每天都在更新，而身為前線辛苦醫護人員的我們，在面對這些故事時，疲憊的身心，最需要的是一同奮鬥的夥伴們共同支持。很感恩在專責病房的每位小夥伴們：每天與我們共同討論病情與照護方式的藍醫師、記錄每週大家所發生大小事的王醫師、為每班拍照記錄共同奮鬥的聰明姊、每天要聽我們抱怨仍選擇加班陪伴我們麗珠阿長，甚至是愛心人士的便當、社工姊姊分享出院病人回診帶來的禮物、每天為大家消毒環境的護佐大姊……等，太多太多的愛，在我們為病人付出許多汗水與辛勞時，又源源不絕的反饋著我們，在疫情艱苦的黑暗中增添一道幸福快樂的色彩。

疫情仍持續肆虐，讓我們深刻體會「用自己生命，走入別人生命」，同時對生命的無常有深刻體悟及成長。誠心祈願天下無災，人人皆平安遠離苦難。

小醫院，大希望

謝宜雯・關山慈濟醫院護理部

關山，坐落在花東縱谷的一座小鎮，田間有一間小型醫院，一般人從臺九線上駛過都不一定會注意到，但它卻是臺東市區到玉里鎮將近八十公里路程中唯一的醫院，規模不大，卻承載了這一地區人民的健康。

過去在南橫通車前，曾聽家屬提及：「因為往高雄市的路斷掉了，加上當時風雨交加，直升機無法從高雄出發接病人，只能經由南橫從高雄山上的部落被送下山來到臺東縣的關山就醫，因為這邊是當時離病人最近、最能優先處理的醫院，整路上烏漆麻黑，要一直到急診室門口才能看到這麼亮的燈。」經過醫師和護理師緊急處置後，從家屬的表情清楚看到他們心中的重擔被放了下來，當時才深刻認知到，雖然醫院規模不大，對無力的病人及心急如焚的家屬來說，它就是這片漆黑中唯一能看見的一道曙光。然而，也正因為醫院規模，若是遇到需要專科醫師或是更精密儀器處理的疾病，在這邊僅能評估和做初步處理，然後盡快將病人移送至花蓮或是臺東市區的中大型醫院進一步治療，也因此出現了我現在擔任的職位——轉院護理師。在這輛救護車上只會有一位病人，護理師和病人、家屬的互動更多，相較於在臨床，我有更多時間去了解病人的身、心、靈；透過交談，不只了解他們的身體狀況和心理層面，有時反而是病人會從自身的人生經歷反過來教導我一些事。

救護車上的約定

曾經轉送一名有憂鬱症病史的阿姨，趁著轉院途中和她交流、試著想要了解她是不是近期生活上有什麼劇變或創傷，而導致這次的自傷行為，結果阿姨說：「我想，是因為疫情。」

一時間有些不明白，她接著解釋，她其實很久以前有憂鬱症的傾向，以往也有嘗試吃藥控制，但在先生鼓勵下，她開始跟著志工服務隊到處去服務，在過程中不僅交到知心好友，更從中獲得快樂，讓當時的她漸漸走出憂鬱症的陰霾，甚至有很長一段時間是不需要藥物控制的。然而，隨著疫情延燒，她已經好幾個月沒辦法和服務隊出去，雖然仍能和好友視訊、在螢幕中看到縮小版的他們，但沒有接觸到的感覺就是不一樣，「一直在家，每天只看到我先生，沒有接觸到別人，我反而又開始亂想，這三個月過得很不快樂。」阿姨小聲地補充，和最初講述和志工服務隊出去時散發光芒的眼神完全不一樣。

阿姨的經歷提醒了我，隨著進入社會的時間越長，我便減少參與志願服務的行動，因為放假總是想在家好好休息，儘管生活中有那麼一點空虛，卻不知道如何補足這種失落。直到這段對話，讓我想起了以前在參與志願服務的活動後是多麼開心，感覺自己做了件有意義的事，不僅交到好友，更讓彼此從中互相砥礪成長。這趟短暫的轉院過程，我找回了自己在生命往前走的過程中不小心遺失的一塊拼圖，心中充滿激動，「阿姨，那我們等疫情好一點之後，要出去繼續當志工喔！」不僅是鼓勵她一切都會慢慢變好，同時也在謝謝阿姨，引導我找回了這一條路，不要忘記原本的自己。

找回自己

還記得一出社會的我就到大醫院的加護病房報到，當時看到很多生離死別、看到許多悲傷的家屬都想給予一些支持，但身為菜鳥的我連事情都做不太完了，更無從給予家屬力量，心有餘而力不足。到了工作後期，做事速度和效率變好了，卻逐漸忘記最初進入護理界時想照護家屬的那份心情，一直到我改任轉院護理師，才慢慢從過程中找回初心。

有一次遇到的個案，是正值青春期的男孩，瞞著家裡和朋友相載出去玩出了意外，事後表面沒有什麼大礙，是回家後腳卻一直隱隱作痛，只好請爸爸帶他到鎮上檢查，當時醫生確認X光發現腳有骨折情形，家屬決定前往市區醫院治療。在車上，男孩躺在車內的擔架床，他爸爸坐在我身旁、靠近後門的一側，一路上男孩父親很少往我這邊看、更鮮少往孩子那邊看，對我的態度也蠻冷漠的。我本來以為是因為單親家庭的關係、父子互動不熱絡，直到透過後窗的倒影才發現，那位爸爸正偷偷用衣角擦拭眼淚，一直撇開頭只是因為不想被發現、尤其不希望被孩子看到，態度冷漠應是不想一開口就崩潰，男孩瞥見父親淚痕也趕緊撇過頭，不知道該說些什麼、只能裝作不知情。在車上確認生命徵象穩定及評估骨折情形沒有加劇後，我告訴男孩可以先閉眼稍做休息，然後迅速抽了幾張衛生紙偷偷塞到那位爸爸手裡，還小小聲地告訴他我有多塞了一些到他包包裡。也許是一個人扶養孩子很累，也許是一開始沒有發現兒子傷勢還責備而感到愧疚，好多的壓力一下壓在這位父親身上讓他喘不過氣，我做了當下能為他做的唯一一件事，希望那個小小舉動能讓他感受到希望，帶給他繼續撐下去的勇氣。

並非每一趟轉院都令人印象深刻，但在這些各類狀況的病患、性格迥異的家屬及不同時空背景下，唯一相同的一件事——那就是「他們或多或少都教會了我什麼」，用他們的生命故事、人生歷程帶給我一些思考，有時候家屬對部分層面的考慮，也無形中讓我自己知道怎樣能做得更好、我還能學習些什麼、還能多做些什麼來緩解他們當下的壓力。雖然我服務的只是花東縱谷上的這間小醫院，但在這裡我看見了希望的流動，不只是醫院帶給病人、病人回饋給我、還有我自己能盡可能給予的，一股小小、飽含正向希望的能量。

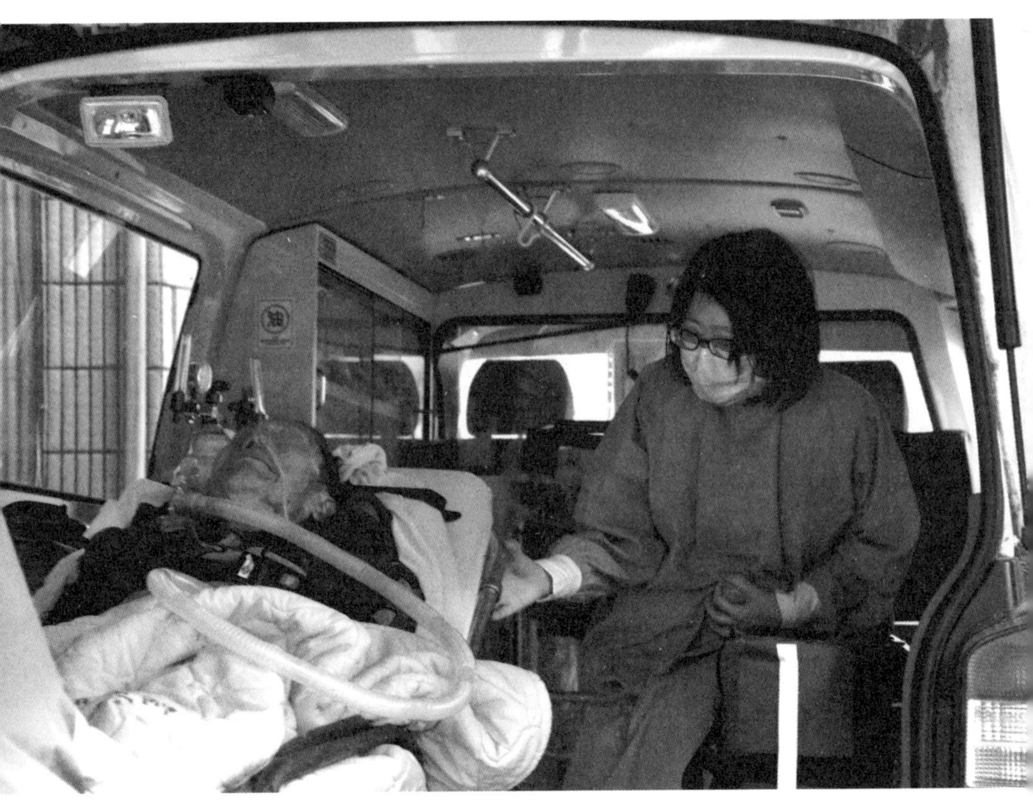

關山慈院護理師的工作之一，是要輪值特別護士隨救護車護送病人轉院。圖為急診護理師與救護車特護交班轉院，接著上救護車一路守護病人。（圖/關山慈濟醫院提供）

第四部

心蓮綻放 馨香滿溢

本文獲第三屆「最美的醫療人文」徵文比賽　優等

伴您最後一哩路

李美芳．大林慈濟醫院老年醫學科

春花阿嬤是一位八十八歲大腸癌併腦部轉移的末期病人，今年一月因為噁心、嘔吐住進大林慈濟醫院老年醫學科病房。林大哥是阿嬤情感連結緊密的兒子，他說「媽媽只有一個」，所以承擔起住院主要照顧角色，有時由醫護背景的小孫女輪替照顧。

林大哥說：「媽媽從去年發現癌症開始，身體起了變化，越來越瘦是最明顯的改變，無論怎麼給媽媽營養品補充，依然沒見長肉的痕跡。」

小孫女說：「阿嬤是一位傳統型家庭主婦，教育子女的方式以孝道，例如：若有長輩拿東西來要先說謝謝，以及不能在長輩面前把東西吃完；看到長輩要有禮貌地問候，如尊師重道般……」

在陪伴過程中，林大哥與小孫女訴說起對春花阿嬤的記憶，而我幸運地成為聆聽故事的人，我們照護的緣分就從此時展開。

進食量 牽絆著家屬心

每一天晚上，林大哥返家準備媽媽的餐點，我取名為承載滿愛的營養粥。林大哥的心情因媽媽進食量的多寡而起伏著，當媽媽可以藉著他細心地餵食，將一小碗粥吃完時，他的表情透露著喜悅；當媽媽只吃一點點，無法完食期待的量，他便湧現滿臉的失落。可以看出林大哥與母親情感連結之濃厚，也因此使得我開始思考如何協助孝順的大哥陪伴母親最後一哩路的照護。

這一天林大哥對我說：「媽媽回去後吃很少怎麼辦？」

「你可以說說內心的想法嗎？」我問。

「因為不懂，您們是專業的，想聽您們的想法？」

於是我說了：「如果每次都預設一個數量，每一次心情就如這數字起伏，例如期待媽媽一天能吃到一瓶雙卡牛奶，當沒達到這樣的量時，心裡就想吃不夠呢，怎麼辦？」

當達到預期的量，心中就如期交完卷可心安了。如果可以明瞭進食量多寡，不影響所謂營養是否足夠，而是以當事人意願、無不適之狀態、不增加身體負擔為前題，盡力就好。讓病人可以在最後一哩路走得更舒坦，而非一直苦苦追求著量，讓受苦少一點，讓舒服多一點。

陪伴的過程中，家屬目睹摯愛的家人吃不下飯、進食量少，源自關心而起的擔憂，想要放下確實不是件容易的事。但學習盡力、釋懷，也是一道面對親人邁向臨終的練習題。什麼是最好的方式？什麼才是應該？我想是沒有標準答案，適當最好。

看著因為份量而掛心的林大哥，似乎也讓我反思，平凡人的自在。在樸實中找到自己對應的信念，好好實踐它。學習用不同視角的觀點，咀嚼另一番風情。不再只是單向，是雙方的聚焦，彼此在所立足的角色使力。不是強求按照理想的劇本演出，而是在每一個串起的珠子，努力做好本分即可。

我想著，如果病人自己能在清楚意識時，思考自己生命的意義與價值，讓家人有機會聆聽自己餘生的期待；讓家人少了代為作主的壓力，且能自己主導生命末期的決定，那是多麼重要且美好的一件事。

接受安寧緩和照護

林大哥訴說著：「媽媽年紀都那麼大了，還有多少體力可以和惡性腫瘤拚，順順就好了，看著媽媽漸漸消瘦的模樣，除了希望她可以不要痛苦也別無所求。自從知道她生病的消息，我真的很努力地買讓她增強體力的保健食品，像是可以顧元氣的人蔘與靈芝，還有她最愛吃的雞腳……等」感受到大哥內心那份苦心。

因為林大哥提出希望母親採緩和性照顧，主治醫師張舜欽建議會診安寧共照團隊協助，由安寧共照師與大哥談完後，大哥明白安寧照顧的認知，但對於轉至安寧病房的決定仍有保留，因為擔心母親去安寧病房後狀況會變差，及無法適應那裡的環境，所以想停在目前所在病房就好，由熟悉的照護團隊照顧。

張醫師明白每位家屬都有其擔憂與掛心，也給予大哥的決定同理及尊重。也因此讓我有機會在一般病房協助末期病人緩和照顧，也為春花阿嬤寫下生命篇章的紀錄。

春花阿嬤歷經身體細菌入侵的感染，在兒子的孝心與病房醫護人員的細心照顧下，從本來無法預期出院，到後續狀況穩定準備出院。阿嬤最期待回家，林大哥則表示，對母親而言，「家」才是最好的病房，因此非常期待出院。

準備迎接出院的早晨，阿嬤的病房內依稀傳來令人振奮的氣息，阿嬤可以回到她日以繼夜思念的家了！這一天早上查訪時大哥開心地對我們說：「從昨天開始，我向這些日子照顧媽媽的醫護人員一一鞠躬道謝，真的很感謝大家的幫忙，讓媽媽可以平安順利出院！」

出院前已聯繫醫院居家安寧團隊協助出院返家後續照顧，有了提供醫療人員定期訪視，使得病人與家屬安心在家享有延續性照顧，這是緩和醫療最需要的照顧模式。照護團隊也對阿嬤可以回到心心念念的家感到開心。

只是在阿嬤返家近一個月後，再次入因肺部感染入院。我在病房見到林大哥，他充滿愧疚感與心急地訴說著：「有一天媽媽在外面，我想著，是不是我當時沒幫她保暖好？還有我一直餵她吃東西嗆到，才會引發肺炎又發燒？是不是我害媽媽住院的？」

「大哥，你已經做得很好了，那麼用心陪在媽媽身邊照顧他，連我看了都很感動呢。媽媽本身身體狀況比較不穩定且虛弱，不是你造成的喔，這次住院我們會一起陪著您們協助媽媽。」看著大哥十分自責的模樣，我安慰他糾結的情緒。

幸好入院後第三天，阿嬤發燒情形也得到緩解，大哥的臉上也露出笑容並且說著：「還好那時有送來醫院，不然真的不知道會變怎樣？媽媽上次出院後，女兒就申請媽媽可以去日照中心上課，雖然媽媽無法和大家有太多互動，但至少讓她感受到熱鬧的氣氛，開心過每一天，我們也放心。」

阿嬤肺炎情況控制住了，意識也漸漸恢復，會主動表示要喝水。還會向晚上要返家拿東西的兒子說：「外面比較冷，要穿保暖一點。」說起這一段，林大哥顯得更加不捨與感動，已經在和時間賽跑的媽媽還一直關心著自己。聆聽這一份親情，我感受到母愛的偉大。

有所作為的輸血

近期檢驗報告顯示血色素有偏低，低於正常的數值，醫師向大哥說明了狀況，輸血不是唯一的作法，在解釋輸血與不輸血的利弊後，再由大哥與家人討論最後的決定。

林大哥說：「媽媽血色素低需要輸血嗎？」

「你的想法是什麼？」

「感覺知道媽媽貧血沒有幫她輸血，好像見死不救、明知道卻不做。」

「其他家人的想法呢？」

「除了家裡護理背景的女兒表示不需要，其他人包含太太、爸爸、姊姊都覺得要輸血。」

「可以理解你的感受，是不是想要嘗試輸血看看，再評估媽媽輸血後的效果如何？」

「對啊！如果輸血後病情沒進步也沒關係，至少有做比沒做好，心裡也比較不會有遺憾。」

最後春花阿嬤接受了輸血，輸完血的她並沒有太多的改變或不適。看似只是一個醫療處置的決定，但背後隱藏著身為家屬內心抉擇的掙扎。當知道貧血實況，而不作為最難，嘗試的作為反而是盡力的行為，即便所作為後效果不彰，至少無憾，是身為家屬最常出現在心中的漣漪。

同理每一位需對至親醫療抉擇的家屬，是重要醫病溝通。醫療人員不把自身的價值觀附加於病人或家屬身上，把決定權歸還給決定的一方，而秉持著應盡詳實告知每一項決定處置的義務，利弊之間的衡量也在其中。

病況漸漸走下坡

隨著春花阿嬤整體狀況慢慢走下坡時，林大哥與照護團隊皆感受到春花阿嬤臨終的時刻接近了。林大哥向醫師詢問：「醫師，請問媽媽還有多久時間？」

「如果臺北是終點站，媽媽目前應該來到苗栗站了。在這段到終點站的路程，我們會陪著您與媽媽一起走，路程很辛苦也不知要走多久，把握住每一時刻。當媽媽清醒時就陪她說說話，擔心她會不會餓，可以問她的感覺，當她說不想吃時，不勉強，可以等到她想吃時，再給她吃。」

林大哥再問：「那每一站會停留多久？……看著媽媽有時不願意吃東西真的很擔心，這樣會營養不夠，所以我都努力地在準備食物，特別請太太熬了數個小時的粥，加上營養配方食材，就是希望媽媽可以有體力地對抗疾病，可以有體力陪伴在我們身邊、活得久一點。」

在此次的對談中，已漸漸發現林大哥內心其實朝向面對媽媽死亡的準備，即便沒說出來，卻看在心裡。

有一次陪伴中，林大哥談及媽媽從未詢問過自己的疾病狀況，只關心著何時可以回家，每次詢問時，林大哥總是說「比較好的時候就可以出院回家了」。然後在漸漸虛弱無體力時，不再說起「回家」兩字。

凝視著本來如此盼望回家的春花阿嬤，回家的路顯得更艱難，因為林大哥表示媽媽沒提起，就別主動再提。「回家」兩字對於大哥而言，也是在向他宣示著媽媽時日不多的意涵。身為醫護人員的角色，予以尊重的選擇。

瀕死徵象的衛教也象徵著終點站的時間漸漸逼近，華人社會有留一口氣回家的習俗，是否真正能夠做到，在現實上是難行的。向大哥說明他希望團隊如何協助最後出院的方式，大哥與家人討論後，選擇形式一口氣的方式。提早返家的照顧是未知的壓力，能夠在醫院有醫護人員協助的安定感，讓最後臨終過程可以提供即時協助。

最後的約定

對於已經無法治癒疾病的病人，目標轉為舒適的照護是重要的。過去照顧末期病人的經驗，提醒著我，病人最後離世的樣子對家屬而言，是記憶中難以逝去的畫面，因此盡力地讓生死兩相安是我可以努力的事。

從教導協助換尿布開始，臀部的乾爽對於臥床病人而言是重要的。

有時思考，既然無法改變死神何時到來的命運，但至少在餘生的歲月裡可以獲得有尊嚴的照顧，是可被期盼的，因此對於自己在工作中所處遇的對象，是存在著這般信念。

經由幾次一同與林大哥協助阿嬤床上擦澡，對於從未有照顧經驗的大哥，是需要時間學習的。過程中，他要經歷摯愛母親生命的軀體走向終點、無能為力改變死神來臨的命運，且內心承載著許多對母親的不捨之情。而大哥每一次照顧母親的點滴，將會是他與母親最深刻的回憶。

床上擦澡已成為他照顧媽媽的日常工作之一，從一開始手忙腳亂，至今已達滿分的照顧，都一一記錄在這感動紀事裡。不知是冥冥之中的安排還是巧合，有幾次擦澡，都剛好是我去看阿嬤時。大哥就會開玩笑地說：「呵呵，我媽媽都算好妳剛好會來，所以才讓妳幫忙我呢。」

「看著媽媽病情的變化，現在擔心媽媽離開時無法好好擦身體與換乾淨的衣服。」習慣有人可協助而擔憂的大哥說著。

「只要我有上班，我就一定會幫你一起為媽媽擦拭身體與換上乾淨衣物，讓媽媽可以乾淨舒適的回家。」為了緩和林大哥的擔心，我允諾這份可以為春花阿嬤做的事。

大哥對著春花阿嬤說：「媽媽，您要選擇這位照護師有上班的時候喔，她是常常幫忙我照顧您的照護師喔。」兒子雙手合十對我說：「感謝妳。」

「大哥你客氣了，謝謝你願意給我這個緣分，我是有福的，那是我本分的事。」當下的我期許著可以有這樣的福分，我也相信一切都有所安排。

最後的圓滿

正值清明節的連假時，林大哥表示也是他每年定期參與蘭花展公益供餐時間。對於虔誠信仰濟公師父的他也隨口說了：「其實濟公師父有說，因為現在大家都在幫忙蘭花展，人手不足，因此媽媽會在蘭花展結束才離開……」

醫療團隊對於兒子的這一番話給予傾聽與同理。知道那一刻接近了，不刻意特別想著那一時，因為春花阿嬤會選一個她老人家想要的好時日。

那一天如往常早晨的一天，查房來到病房，映入眼簾的畫面是嘆式呼吸與雙眼閉目而似入眠模樣的您。看到這一幕，心裡有了底，末班車真的快到達了。

醫師摸著春花阿嬤額頭說：「春花阿嬤，我是張醫師，今天我和照護師，還有我們團隊的人都來看您喔，感謝您這段時間，您親身用生命教導我們，讓我們有機會向您學習，真的十分感謝您。如果看到您信仰的佛祖，跟祂去修行，這輩子功課寫完了，換個全新的身體再去修行。」

這樣臨終前的訴說也使得站在床邊的我，心裡糾結了一下，差一點淚珠撐不住奔出。再次點燃自己昔日在安寧病房照顧末期病人的點滴回憶。明知道您即將至另一淨土永生，但那真實的情緒是難以掩飾。

得知林大哥仍未向春花阿嬤表示會在醫院平順地往生後，才會帶她返家。我向大哥說：「媽媽之前曾說過想回家，你也有答應媽媽，記得你說等媽媽身體狀況比較穩定，但現在的回家狀況不同了，媽媽還盼望著，能否請你告訴媽媽等到她平順沒有不舒服，圓滿沒病痛時就會帶她回去了。」

「原來如此，這樣要說，媽媽才會知道，不然一直等著。」林大哥恍然大悟說著。眼看著春花阿嬤的氣息漸漸短促，於是在陪同查訪完後，向病房主責護理師交班，阿嬤最後臨終時可以通知我前來協助。

在十二點零四分，手機螢幕顯示病房單位號碼，知道時候到了，立刻接起電話並走出辦公室，奔向林阿嬤病房。寧謐模樣的阿嬤，是如此慈祥的臉龐，我請林大哥備好擦身體裝溫水的臉盆，在整個協助擦身的過程，提醒著大哥仍可以向媽媽說說話，因為聽覺是最後消失的，在我說了這樣的引導後，大哥輕聲細語地在媽媽耳邊說：「媽媽，現在我和照護師一起幫您擦身體喔，準備好的時候，我就會帶您回家。」

「等一下我女兒也會來醫院看阿嬤，並且陪她一起回家，平時最會逗媽媽開心的就是女兒了。」大哥說著說著，似乎對於眼前媽媽死亡訊號是平靜的。

送走了春花阿嬤，心也跟著暫停了下來，猶如一種使命的完成，因為這份責任，告訴自己只要緣分俱足，就是盡力。

正逢木棉花盛開季節，高掛布滿在木棉樹上的花兒，不是永久不凋謝，終究是有落葉時，再由新生的花朵展露光彩，而生命亦是。凋落而下的花朵，蘊藏著曾經一起寫下的景色，珍惜每一個生命的相遇，善待伴隨而來的處遇，累積屬於生命中每一階段的成長體悟，藉此向內而深化、自生，也傳遞助人之善緣。青澀的綠是初時的執；熟成的紅是日漸月染的明悟。謝謝您用生命的相遇，灌溉助人道路的泉源。因著緣讓彼此因緣而圓。深深一鞠躬，在此為您生命的圓滿畫下休止符，您對家人的愛將永續人間。

捻香的深深一鞠躬，感謝您這些日子帶給我的恩典，於此感受到生命變化的知足；生命過程的珍藏才是典範。

謝謝您的慈祥，在我助人工作生命故事篇留下一幅心靈成長的樂章。

此篇文謹致春花阿嬤的恩典，感謝您。

一萬八千三百二十一公里的法緣

鄧湑勻．花蓮慈濟醫院二三西病房

距離一萬八千三百二十一公里外的震撼

一九九二年的阿根廷，慈濟在此扎根成立了聯絡處，阿根廷距離臺灣約有一萬八千三百二十一公里，當時在此定居的黃師姊開始帶領女兒小琳（王瑞琳，法號：懿閎）一起做慈濟，探訪孤兒院、老人院、也曾開車前往巴拉圭將文宣品載回阿根廷……，在施福中彼此感恩感念。小琳還與朋友在阿根廷市區開了一家素食餐廳，口味多元，融合中西式，深受當地人喜愛，小琳說：「中午一到，幾乎都有四、五百人來用餐，能在風俗民情如此不同的國家成功推素，是我自己意想不到的呢！」

小琳的媽媽於二〇〇三年返臺回花蓮定居，夫妻倆擔任靜思堂導覽志工，幾乎從不間斷地協助弘揚慈濟法脈，期間也沒有斷了與小琳的聯絡，在幾萬公里外，親緣法緣的線從未間斷。二〇一九年六月的某天，小琳做完例行性的健檢，在胸腔X光中發現了一些異常，但小琳礙於生活中的忙碌，並沒有馬上進一步檢查，但遠在臺灣的小琳媽媽相當擔心，一直希望小琳回臺灣做檢查追蹤，小琳將檢查報告傳給媽媽，請媽媽轉交給小琳的國小同學「花蓮慈濟醫院胸腔內科林智斌主任」。林智斌醫師在花東地區深耕，是肺癌治療的專家，擅長以基因檢測找出病患是EGFR（上皮細胞生長因子接受器）或是ALK（間變性淋巴瘤激酶）基因突變等等的類型，並針對不同的致病基因選擇適合的個人化標靶治療，以抑制腫瘤惡化、控制病情。當林醫師看完小琳的報告後，發現情況不對，「小琳！妳趕快回來！」並告知小琳媽媽，催促小琳趕快回臺灣接受治療！

二〇一九年底，小琳被確診為第四期肺腺癌，合併骨頭、淋巴、對側肺轉移，這顆震撼彈直狠狠的投到小琳及媽媽的身上！即便已是陪伴過無數病患的志工黃師姊，但身為疼女入心的媽媽仍然無法承受這樣的打擊，但她知道，她必須堅強起來，因為她必須陪著小琳、必須比她勇敢、必須與她一起面對治療！

面對疾病打擊後的無限堅強

二〇一九年十一月三十日開始，小琳返臺後便積極配合林智斌醫師的治療，因肺腺癌早期無症狀，許多患者發現時多屬無法手術的晚期，其中四成患者更無法進行標靶治療。透過基因檢測，發現小琳的肺腺癌找不到基因突變點，就是那其中的四成患者……小琳無法透過個人化標靶進行精準醫療。但即便如此，林醫師跟小琳都沒有放棄，在林醫師的建議下，小琳進行了化療及免疫治療，藉由化療嘗試控制腫瘤惡化，過程中，林英惠個案管理師不斷的追蹤小琳的治療狀況，叮嚀回診時間，關心化療的副作用，胸腔治療團隊都一起努力。可惜事與願違，小琳在第一線的化療的過程中沒有效果，林醫師進行了第二線、第三線的化療，小琳堅定的對抗頑強的癌症，但身體卻無法跟上。化療過程中，她經歷了化療常見的副作用，噁心嘔吐、食慾不振，甚至掉光了頭髮。期間還嘗試搭配中醫的治療，希望控制病情。而在藥物不斷的調整下，雖已換到第三線化療，但小琳仍然正向面對疾病。小琳媽媽看著堅強的小琳，開始鼓勵小琳參加慈濟見習委員的培訓，延續慈濟慧命，希望她以願力扭轉業力，每一次的課程、活動，都克服萬難，堅持到底。在小琳媽媽及精舍師父的鼓勵下，小琳完成了培訓、圓滿了榮董，正式受證為

「慈濟委員」！

「真的好莊嚴！好圓滿呀！」小琳媽媽欣喜地向親朋好友分享小琳的受證過程及照片，顯在臉上的驕傲，這是一路陪伴女兒在疾病過程中勇敢且不斷突破自己的偉大媽媽。看著照片中慈祥微笑的小琳，媽媽多麼希望她可以一直這麼開心的笑著，用自己的能力所及為眾生付出，即便癌症不斷的侵襲，內心的堅強一定能打敗病魔！

緩和醫療、安寧就是最後了嗎？

二〇二二年三月的某日，「師姊！小琳的生命期可能只剩下三個月了……」即便經過積極的化療及中醫治療，骨頭轉移及對側肺轉移的情況仍不斷惡化，林醫師向小琳媽媽說出世界上最沉重的一句話，也是醫師們在陪著病患積極治療後，內心最掙扎也最難說出口的一句話！「如果有苦，讓我擔，是我！是我不好，生下這樣的身體給她的！」看著兩鬢雙白、幾近崩潰的小琳媽媽，這樣悲痛的自責，讓周遭的人無一不跟著心酸難過。林醫師知道，我們還可以一起努力！一起努力讓小琳舒服，減少這些疾病末期的折磨，我們還有「緩和醫療」呀！林醫師將小琳轉診到花蓮慈濟緩和醫學中心王英偉主任的「緩和醫療門診」，也就是我們所知道的安寧療護。

「這是什麼意思？小琳不能治療了嗎？沒有藥可以用了嗎？」「我害怕，要吃嗎啡不就是代表我已經快死了嗎？」排山而來的疑問及擔心衝擊著媽媽跟小琳，還有最想幫助他們的醫療團隊。

王醫師看著小琳的肺部X光，看著已經被腫瘤侵襲到所剩無幾的肺部空間及消瘦又喘的小琳，走幾步路就是跑了超級馬拉松一樣的費力呼吸。「不要擔心，我們是緩和醫療，讓現在體力比較虛弱的小琳先控制不舒服，再來好好討論之後的治療，我們有很多藥物可以調整小琳的喘，有吃的嗎啡、有貼片……」帶著一點香港腔的王英偉醫師溫柔回應著，說明著緩和醫療是積極讓患者舒適的治療，甚至可以協助癌症病患延長生命期，提高生活品質。「真的嗎？可以讓她先舒服一點就好！」此時的小琳媽媽攙扶著連站起來都有困難的小琳，心疼的看著她，心裡只希望，癌症可以放過她。

除了原本的胸腔科林醫師，現在增加了緩和醫療的王醫師一起共同照顧，雖是癌症末期，但在這段路上，我們還可以一起讓病人更舒適，安心的過每一天。王醫師考量小琳身體的狀況，也擔心小琳媽媽年紀大了，帶著小琳反覆就醫的辛勞，轉介了安寧居家照護，也關心到了小琳媽媽及小琳對於病況的衝擊，安排了心理師湘綺介入陪伴，希望能有全人的照護。那是我們第一次的見面，陪著小琳一起討論用藥，也看著緊牽著雙手的母女。我想，大家都一樣，想一起幫助小琳先度過這一段，至少……至少……不要喘，能好好吃飯、睡覺就好。

「嗨！小琳！師姊、師兄！早安！」我跟湘綺心理師一如往常熱切的打招呼著，到小琳家進行家訪及舒適照護，在小琳開始接受緩和醫療安寧居家照護後，幾乎每一次的訪視，我跟湘綺總能有默契地看到她們的需求。小琳長年住在阿根廷，知道自己罹癌後，雖享有阿根廷的醫療資源，但她內心知道必須回來養病，陪著深愛自己的媽媽。或許是愛女的心太過急切，也或許是小琳擔心媽媽照顧她受累，母女間偶爾難免小摩擦，但我們感覺得到，那份親情的愛都放在她們彼此的心上。有的時候，湘綺會聽聽小琳媽媽說說她進入慈濟的因緣，從有趣的慈濟故事，一路聊到小琳的就醫過程及不捨，突然，總會不小心接到幾滴眼淚，聽到媽媽許多的自責、許多的懊悔。另一邊的我，手上按摩小琳因淋巴轉移導致水腫的雙腳，一邊也聽聽小琳的想法，也讓她們看見彼此的心意及愛。

在居家照顧的期間，王醫師不斷的調整藥物，用上了吩坦尼貼片及類固醇，緩解了小琳的喘，食慾也漸漸變好，連走路也輕鬆的多，有時候不舒服，也會自己走到陽臺或窗戶邊，吹著十一樓高的風，髮絲隨風飄揚，就像飛揚的蒲公英一樣。也許因緣就是這麼奇妙，在小琳較為舒服的這段期間，出現了「小琳妹妹」與「茱麗」兩位天使的陪伴！

「真的很開心！妳看！花東縱谷多美！海風多舒服！」「還有！這個是茱麗做的蛋糕，她的素食蛋糕很好吃！我們還到她的店吃下午茶呢！」起初，我還真不敢相信，這是一個幾週前連走路都吃力的小琳嗎？也許是藥物有效，但，我更相信是天使們施的魔法，讓蒲公英充滿朝氣重新盛開了！小琳妹妹雖然已嫁到美國，但是知道小琳的病況後，安排一個月的時間回來陪著小琳，她們姊妹情深，總是在我們訪視時有默契地用西班牙文開著玩笑，一起講講小時候、說說以前的事，妹妹也會細心地看到小琳的需求，幫她按摩、陪她去看海走走。就在妹妹返回美國後，小琳媽媽的朋友介紹了茱麗給小琳認識，茱麗有芳療及烘培的專業，就像為小琳量身打造一樣，與小琳一拍即合，茱麗深受小琳罹病後堅強心智的感動，於是主動要求每日幫小琳芳療按摩，也陪著小琳聊天，用她暖化人心的純素甜點，安定了小琳跟媽媽……

逃不過的新冠疫情衝擊

二〇二二年五月，正是新冠肺炎疫情盛起的時候，居家訪視的每一戶，我們已經都穿著全套隔離衣進入家訪了，就深怕有個萬一，因為虛弱的末期病人可能很難承受新冠肺炎的摧殘，尤其是肺部功能已幾近惡化的小琳。可是，就在這天，我接到了小琳媽媽的電話，「淯勻！小琳確診了！我也確診了！怎麼辦？」我擔心的事還是來了！病毒無情，無法究責，沒有一個人願意這樣的事發生，我一邊安撫著焦慮的小琳媽媽，一邊協助打電話到慈濟醫院掛視訊確診門診，手裡再拿起另一支手機，查詢有清冠一號的中醫診所，不論中藥西藥，小琳的媽媽想盡快治療小琳的新冠肺炎。電話中我聽到小琳不斷的咳嗽，而小琳媽媽也因確診無法外出，年長的小琳父母緊張地說不會使用任何視訊的軟體，該怎麼辦才好？身為安寧居家護理師的我，只有想著如何幫助病人，只好著起全身防護裝，進入了小琳家！先幫小琳媽媽將視訊軟體安裝好，接著衛教了小琳緊急狀況的用藥及照護。其實我也擔心，也有面對確診患者的壓力，尤其是在炎熱的居家環境下穿脫裝備，一不小心，我們也會身陷其中，但在疫情的當下，我知道我沒有選擇，因為病人需要我們！

就在小琳新冠肺炎確診後的一週多，小琳持續不斷的咳嗽，即便增加了貼片劑量及口服藥物，也無法緩解病毒侵襲後的肺部惡化。「我好害怕！我怕我睡到一半沒有呼吸，就走了……」沒有安全感的小琳現在都要抓著媽媽或阿姨的手才能入睡，身體的不適也無法緩解太多，我立刻與王醫師商量，盡快安排小琳住院，到心蓮病房來照顧！「隔離衣還是要穿！師姊還是不能出來病房外喔！」一聲聲一件件的規定迴繞在病床外。沒錯！因為當時的疫情規定，雖不是在專責病房，但確診後的患者因Ct值小於30，還是得隔離。原本熟識的家人朋友無法進來探病，讓不熟悉環境的小琳更加沒安全感，每每病房護理師進入做治療時，總得花上一小時左右的時間陪伴，但她們都知道，小琳的害怕跟不舒服，如果這樣的陪伴跟按摩能讓小琳跟媽媽安定，她們也願意這樣付出！

願人間菩薩乘願再來

二〇二二年六月某日，病房護理師一如往常，與媽媽一起按摩著小琳的雙腳，突然！媽媽覺得小琳不對勁！好像……好像……呼吸逐漸變慢了，就像熟睡一樣，就這樣，小琳安詳的離世了。媽媽緊抱著小琳！聲聲的呼喊的小琳！但她知道，小琳心願已滿，病苦消除，現在輕安自在，往生善處了。小琳媽媽忍著不捨，在眾多法親的祝福下，圓滿了小琳的後事！

沒有人會希望疾病找向自己，也可能在罹病後經歷堅強的面對與不斷的打擊。在照護小琳三個多月的過程中，我看見了親情的力量、法親間的關懷，也看見了醫病間的溫暖與情誼，不只醫病，也醫心。現在偶爾會遇到黃師姊及師兄，他們仍然不間斷穿梭在醫院裡服務，持續在慈濟共善共行。我們也都相信，這位人間菩薩——小琳，會帶著這份慈悲願力，乘願再來！

兩個溫暖的擁抱

臧心伶・關山慈濟醫院護理部急診室

再見了，臺北！

二〇二一年底我揮別了北部醫學中心繁忙的工作，與生活了二十四年的臺北道別，為了陪伴從小撫養我長大的祖父母，我踏出舒適圈來到了關山慈濟醫院，這個緣分來的十分奧妙，我不曾想過有一天我會在田間的醫院工作！鄉村間的溫情為我的護理生涯點綴了繽紛的色彩。

從學生時期，如何「善終」在我心目中一直都佔有舉足輕重的地位，這也是家屬與護理人員能送病人最後的禮物，在臺北任職期間我攜手陪伴許多末期病人走過生命中最後的時光，有的轉往安寧病房，有的已經成為快樂的天使。

我曾下定決心要成為安寧病房的護理師，但人生的劇本瞬息萬變，就在我要轉任安寧病房時，我毫無選擇地必須離開臺北，我很期待自己有朝一日能於「桃花源」中給予病人舒適的照護，但礙於現實，我只能默默地將這份夢想深藏心中。

關山慈濟，你好！

初加入關山慈濟這個大家庭時，我任職於病房，數月後轉調急診。任職病房期間我曾照護一位長期洗腎的爺爺，爺爺的主要照顧者為年邁又重聽的妻子，加上慣用語言為原住民語，因此常常在照護溝通方面須耗費一番苦心。

長期仰賴鼻胃管灌食的爺爺，因為照顧者灌食技巧不正確，屢屢導致吸入性肺炎而住院治療，每次入院皆會有新增的壓力性損傷，這在偏鄉醫院可以說是常態。部落內的年輕人必須外出賺錢養家，留下年邁的長者照顧著生病的另一伴，我知道奶奶很盡力照顧著爺爺，但不敵病魔的侵襲，爺爺住院時一次比一次更顯衰弱與消瘦，初次見面時爺爺還能簡單應答我們的提問，但最後一次住院時已無法用言語表達身體的病痛與席捲而來的悲傷。

隨著爺爺病況急轉直下，奶奶的面容也日漸憔悴，爺爺的生命好似沙漏中的細砂一點一滴飛快地流逝著，我們都明白，爺爺的時間屈指可數。經歷過各種努力後，醫療團隊決定採取安寧照護，停止常規洗腎、給予支持性治療，照護期間護理師也盡力的給予奶奶心理建設，盡可能的提供身心靈的全人照護。

還記得那是一個夜深人靜的夜晚，當值小夜班的我一如往常地巡視著每位即將入睡的病人，我悄悄地步入爺爺的病室時，只見眼神迷茫且飄移不定的爺爺口中喃喃自語、唸唸有詞，猶如迴光返照一般又迅速的陷入昏睡狀態。我調整氧氣用量並輕輕撫摸著爺爺，告訴爺爺：「我們都陪著你，奶奶也一直都在呦！我們會盡力的給予你最舒適的照護，請爺爺不要擔心，好好休息！」轉過身來我也輕拍與爺爺十指交扣的奶奶，讓奶奶知道此時此刻她並不孤單，轉瞬間，我們都離死亡更進一步了。

很快地，爺爺的病況急轉直下，呼吸窘迫間伴隨著喘鳴，我透過電話聯繫遠在利稻的兒子前來醫院探視父親，同時陪伴在奶奶身邊，給予她支持與安慰，很遺憾的是，爺爺的呼吸猶如潮水般波動後逐漸趨緩，最後「心電圖成一直線、血壓及脈搏皆無法測量、無自主呼吸……」沒錯，和藹可親的爺爺好似睡著一般，露出平靜安穩的笑容去當天使了。此時映入眼簾的是泣不成聲的奶奶，不斷用母語喊著爺爺的名字、拍打爺爺的身軀，期望爺爺再度甦醒過來，凌亂不堪的場面及機器不停地哀鳴著。

此時此刻我回想起埋沒於內心深處的夢想：「給予病人及家屬安寧照護」，我迅速地將悲傷的情緒拋諸九霄雲外，憶起在臺北工作時替病人進行遺體護理的點點滴滴，我告訴自己，安寧隨處可在！我要讓病人有尊嚴的離開！

於是我打起精神，給奶奶一個溫暖的擁抱，並告訴奶奶：「聽覺是最後消失的感官，我們跟爺爺多說說話。」同時我與奶奶一起送爺爺最後一份「禮物」：替他擦澡更衣，我輕柔的移除心電圖貼片，機器不再吶喊，我們一邊擦拭著爺爺的身體，一邊告訴他沒有病痛了，奶奶也用母語和爺爺說話，我們一同幫爺爺換上一套帥帥的運動服，為他闔上雙眼、整理儀容並戴上假牙，入院以來我從沒看過爺爺如此帥氣！過程中我學著怎麼協助奶奶完成「人生四道」：道謝、道歉、道愛及道別，過程中奶奶透過母語表達對爺爺的不捨與思念，感謝爺爺此生的陪伴，要開心作個無憂無慮的小天使呦！

第二個擁抱

約莫一小時後，爺爺的兒子及親友陸續抵達，奶奶見熟人到來，眼眶中隱忍的淚水便再次潰堤，我和家屬說明狀況，並鼓勵他們與爺爺說說話，大家圍繞在病床邊，你一言我一語的娓娓道說爺爺年輕時的故事。

我再次給予奶奶溫暖的擁抱，並輕輕的告訴她：「辛苦了，妳是最棒的太太！爺爺有妳作伴很幸福！」這個擁抱長達兩分鐘之久，我身上雪白的制服早已被波濤洶湧的淚水襲擊，空氣好似凝結一般，我隱約能從「肩膀」感受到這份悲傷的溫度，但這個擁抱終將融化了我冰凍已久的心。

還記得學姊曾經說過：「如果病人選擇在妳的班內離開，那代表著他很信任妳！」我很感謝病人及家屬願意信任我，讓我可以幫他整理得帥帥美美的，去天上做個快樂的小天使，也用他的生命教導我很重要的一課！過去即便我很清楚知道自己最終很想朝安寧緩和護理發展，但卻從沒有這麼深刻且踏實的扛起一份責任，謝謝每一份機會與信任，讓我更清楚知道自己的方向與目標，從中汲取動力及養分。我曾經很懷疑自己是不是真的對安寧護理有理想抱負，甚至覺得自己因為個性而不適合護理工作，如今我很確定這份特質是我與眾不同的地方，更是別人從我身上奪不走的「魔力」，因此我該好好珍惜這份「魔法」，不讓它消失，這也是我對護理的熱忱所在！

人生當中，生、老、病、死每個人都將經歷過，如何把握當下，完成每個階段的任務，依然是我認為很重要的事情，許多人不願面對死亡，包括醫療人員在內，但如何讓死亡變得有意義也有尊嚴，卻是值得我們思索的議題。

開始看見自己的特質，學習去接受不完美，同時也善用自己的長處，永遠記得：我很特別，且每個緣分都不是偶然。覺得很奇妙，自己好像突然被點醒了！我常常想著有朝一日要去安寧病房工作，但卻忽略了「善終」其實隨處可在，如何在現有的角色上發光發熱，才是我要琢磨的細節。

死亡也是一門護理學，更是一堂藝術課，只是我們不願面對而已！

謝謝協助我去執行遺體護理的夥伴與家屬，讓我能好好的走進自己內心的「桃花源」，協助病人與家屬善終，仔細思索人生的意義與價值。

照顧病人的時候，要常常詢問自己，如果是我的家人，我們希望怎麼被醫療團隊對待？將心比心、視病猶親！謝謝病人，用生命教我很重要的一課！我知道我又成長了，離目標更近一步了！這段工作期間的點點滴滴也讓我明白，不論到哪裡，不管是學生或在職場工作，永遠要記得，病人是最好也是最敬業的老師。凡事抱持著感恩積極的心，才能享受在這份學習與工作裡。

轉換，待續

二〇二二年三月，我轉任急診救護車隨車護理師（特護），在救護車上面對的更多是病危的病人及焦慮不安的家屬。謝謝過去每一位病人的教導，讓今天的我能臨危不亂的給予家屬適切的情緒支持，及提供病人良好的照護。我正在進行安寧緩和護理課程訓練中，我知道護理這條路還很長，我也還會跌倒痛哭很多次，但我期許有朝一日，我能成為一位與眾不同的護理師，在自己所扮演的角色上，為病人及家屬點亮無數盞明燈。

永遠都是我的手中馨

李怡萱．台北慈濟醫院6C心蓮病房

各色玫瑰進駐著不同的靈魂：紅玫瑰代表熱情與對人的真意、粉玫瑰代表著關懷和你總露出的燦笑、藍玫瑰是對一切的敦厚和善良、白玫瑰是永恆且純粹的愛、黃玫瑰是高貴與珍重的祝福、紫玫瑰是獨特的象徵、綠玫瑰是青春的寓意、橙玫瑰帶著青春氣息與初戀的情緒。在深厚的夜晚、連星星都熟睡的時候，我總想起身布彩色且唯獨是祢一朵特別且溫柔不過的玫瑰花，永遠記得祢所說的：「最喜歡的花是玫瑰花。」不在於祢的離逝，在於祢留在世間的所有倩影；馨馨，我很想祢。

安寧病房不是最冰冷的位置，或者覺得能夠進來其實需要一點運氣，因為我隨時不一定準備好放下了、選擇不要再痛了還是繼續和疾病努力抗衡下去？有時我希望它能在基本值上，有時難過在這認識了馨馨，卻又慶幸能在這陪著馨馨一起飛向天空中的另一個角落。現在是很冷的天氣，開口後會冒出白色的煙的那種程度，我隔空說著：「期待我們下次見面，期待看見祢美麗的容顏。」希望活在陸地上的我們都能記下所有的想念、繼續勇敢的往前走。

每一顆星星總是有一個守護者，守護著馨馨的雙手經歷了更多的歲月斑駁，灰白的頭髮、和藹的笑容是她的代表，她總在陪病床上不停的編織著毛線，是馨馨的媽媽，跟馨馨還有我們護理師分享一些有趣的話；雖然馨馨生病了，但她們卻讓病房特別溫暖和充滿希望，總在踏入馨馨的病房就想對馨馨和她的媽媽分享許多的事，在那的我們從來沒有疲憊，只想給予更多，好換得馨馨更多的閃耀。但當我們給予越多，慢慢發現馨馨的光彩漸漸減弱、慢慢看到了黑白，發現守星的媽媽也有理不齊的毛線、深層的眼底像注入整座海洋，隨時能守住也隨即能傾瀉，那些都是一瞬間的事！

過於堅強的愛

馨馨是乳癌的病人，並且有腦部的轉移，馨馨有時會突然的意識改變，快樂與悲傷總在一線之隔；期待與害怕都是邊境的事，馨馨的病況總是只有極端而沒有中間值；善終準備總是在邊境如宇宙人般漫步著。

某一次的對談中，媽媽說：「馨馨從小就堅強，不曾讓我們擔心，她也總是樂天，或許做小孩的就習慣報喜不報憂，我們一家人就是很平常那樣的家，一個夜晚，一盞燈，一個背後的支持。」

「我認為教育應該是身教重於言教，我們看著孩子成長茁壯，孩子看著我們漸漸衰老，彼此對等和尊重，或許就是最好的教育。從小我就告訴她不管有沒有另一半，一定要有自己的事業和專長，女人當自強，也要找一個他愛妳比妳愛他來的多的人；我的另一半對我很好，他對我總是百依百順，即使從頭到尾根本就是我錯了，他也都搶著道歉，只為了留住我，現在雖然一把年紀了，但我還是有在工作，至少我不用眼巴巴的看著哪個人，並請託對方買給我什麼，畢竟靠自己得到的，才不曾離我而去。」

「馨馨也曾遇到很愛她的人，那個人照顧她照顧得服服貼貼，就像對待小孩子那樣的細膩與用心，他們論及婚嫁，但因為她的另一半想去國外發展，才取消了這場婚事，隨著時間過去，這段關係也跟著淡化而分離。後來她遇到了現在這個先生，剛在一起的時候，他們愛得火熱，熱戀的時候相信了誓言，就結了婚，有時覺得關係在結婚前與結婚後或許就像熄滅了的蠟燭，多了一份責任而變得不同，關係的恆溫似乎是一件很不容易的事吧！」

「馨馨一直想擁有一個小孩，她不幸經歷過了一次流產，失去了一個小天使，而現實也似乎讓一切更難懷上了。對小寶貝的渴望和母性的偉大，在她身上完全的體現，她開始嘗試試管嬰兒，那個過程真的非常的辛苦，陪她一路過來，覺得她真的很勇敢，我覺得我可能沒辦法像她那樣吧，或許擁有小孩對她來說是另一種幸福的體現，而這就是最難以言喻的角色『母親』。」

「我不曾在她的臉上看到任何的無助、難過、哀愁，她永遠都是笑著，不曾讓我擔心過，她總是堅強，卻難以想像堅強背後埋藏著多少淚水，我想不管她多大，她在我的心裡、眼裡永遠都還是我手上的心肝寶貝，不管她是否卸下她的防備，我都想給她擁抱。她坐月子的時候大部分是我在照顧她，她先生總是很忙碌，個性不苟言笑、相對嚴肅，有時我也不確定這個先生真的是愛她的嗎？還是只是不知道如何表達？在這次馨馨生病後，他們也經過了一番的溝通和磨合，疾病降臨的突然，或許對關係也是一種考驗。」

「馨馨身體漸漸虛弱，越來越需要人照顧，內心也越發無助，再堅強者也有脆弱不堪一擊的時候，畢竟馨馨還那麼年輕、那麼漂亮，她的身體卻必須遭遇這麼多，不管是心理還是生理，她都扛上了太多。如今好不容易成為了母親，嘗試做盡了所有的治療，無助越發不可收拾，真正的現實似乎又要將母親的角色慢慢抽離，馨馨的先生常常不知道如何關心她、如何照顧她，所以他們偶有爭執。我希望有一天她的先生能真的理解她的辛苦吧！不知道馨馨過得幸不幸福呢？只希望她能夠舒服安心的走最後一哩路，不用再堅強了，能慢慢走、慢慢說、慢慢回憶所有的過往，再一起慢慢的道別。」

四道人生 向摯愛道別

母親的角色，真的很困難，難成為也難擁有，甚至是妻子的角色，或者女兒的角色，都在此刻變得膠著，渴望好好「成為」、卻也無法「成為」。現實的剝奪，總是突如其來，從以為距離幸福很近，卻又讓人若即若離。

馨馨說：「生病以後經常和先生吵架，也經常不知道怎麼和先生溝通，經常講到自己好氣。」

「他外表就是那樣嚴肅，總是冷靜的說著要堅強，其實不是我堅強不起來，只是想要在自己最虛弱的時候能有人聽我說說、陪著我的感受，僅此而已，只是希望他的不苟言笑能多些溫柔，以吹散他的愁容，就像我們剛認識的時候，那樣快快樂樂的感受。或許在我們成為一個家庭後，那又是不同的開始、不同的責任了，很努力的才有了現在的小馨馨，小馨馨總是很活潑、很樂觀、也很成熟。」

「我總是陪著小馨馨畫畫，我們會用畫圖來交換日記，我也喜歡畫畫送給小馨馨，畫畫讓我感到開心和放鬆，在圖畫的世界裡什麼都是自由、什麼都能包容，我們擁有所有的可能、也給我帶來了安慰。」

「日子的推進，我漸漸發現了自己無法握筆，腦轉移的程度越來越嚴重；突然的陷入昏迷，也讓自己體會到距離死亡越來越近，總是不敢想得太多，只是希望女兒健健康康快快樂樂的長大。成為了母親後，更是感謝這一輩子能有媽媽的照顧，擁有了母親的心思，站在母親的角度，感受媽媽無時無刻陪著我，對我的照顧總是無微不至，媽媽總能把我的痛苦用搞笑的方式呈現，陪伴我一起換位思考，引導我去轉換著我的痛苦。」

「媽媽一直都很有智慧，不管到老，仍然靠自己的力量去做自己想做的事，媽媽總是這樣教導著我，或許因為這樣才會燃起我分分的勇氣、鼓起分分的堅強！每一次的昏迷，不確定下一次的我會不會再醒來，但我只能珍惜每一個時候，有時仍然會有種很想哭的心情。好遺憾的是我必須先離開，沒能陪小馨馨走過更多的道路，好遺憾的是沒能陪媽媽繼續到處走走、晃過更多的歲月。」

照護期間，護理人員協助媽媽和馨馨完成了四道人生，透過病房的活動製造更多的照片回憶與時光的足跡，也手繪了繪本來引導小馨馨理解母親的病情、和母親的關愛。希望這本繪本，會在未來的每一個時刻陪伴著小馨馨，也完成了無法繼續繪圖的馨馨，完成了她們交換日記裡最後的句號。

時間飛梭，昏迷的來臨，每一次都像挑戰，媽媽的眼淚與無力越發沉重，先生的心情也漸漸凝重。照顧壓力的厚度，對精神是種折磨，渴望醒來、擔憂離別、期望善終，那心理很矛盾，或許這是最後一次、再也醒不來。先生在床旁握著馨馨的手，一言一句的說了好多好多，他無時無刻都坐在身旁，牽著馨馨的手，他們的感情很深厚，在生命的最後一刻，似乎也沒有了難以溝通。而母親仍然繼續理著毛線，但她的毛線似乎越理越雜，眼淚總是藏不住那般的掉落下來，即使年邁的身體也想參與照護，她握著馨馨的手：「在我眼裡，不管妳多大，永遠都還是當年捧在我手裡的小小孩，而我希望妳可以幸福。還記得嗎？我們約好了，如果妳先離開了，要記得等我喔，我們要在一起飛去每一個國家玩耍、吃美食，知道嗎？」

這一刻，蒼白、冰涼的身軀，停止了呼吸與心跳的節奏，彩繪的顏色變得純白、寧靜且安詳。因為有溫度的醫療照護、視病如親的精神，加深家人之間的凝聚力和彼此之間的支持力，讓死亡變得不可怕，而是一個必經的過程。在以為冰涼沉重的安寧病房，得到了善終、得到了尊嚴、得到了無盡的感動，也替我們傳達了母性的偉大、女性的智慧、病人的勇氣。這是一個充滿溫暖的照護經驗，從病人身上學習到的是滿滿無價的課程，而我們在此畫下了一個美麗的句號。

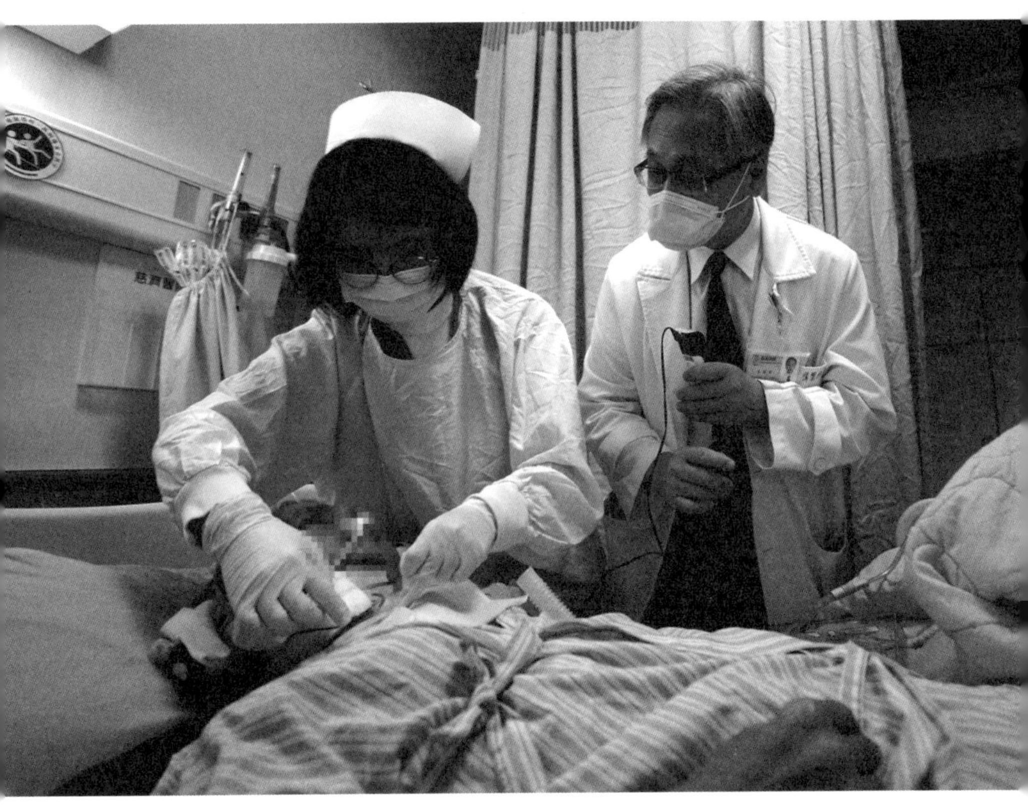

不論是花蓮、台北、台中或大林等慈濟醫院的心蓮病房，總是竭盡所能的照護病人。圖為花蓮慈院心蓮病房的一位病人因疾病損傷聽力，王英偉醫師團隊，正在為病人確認助聽器的麥克風，並啟程為病人圓夢──帶他前往曾工作過的漁港、市場並返家一趟、再回醫院。（圖/花蓮慈濟醫院提供）

第五部

讓愛延續 生死無憾

我想香香的

劉怡秀・台北慈濟醫院10B病房

忙碌的病房裡，我踏著倉促的腳步穿梭在不同病床間，而其中一位名叫小美的年輕女孩卻讓我駐足良久，她有何特別？她臃腫的身軀總是長期坐著、佝僂著背、低著頭不理人，無論我與她交談什麼，就只點點頭回應，最好的狀態就是微微抬頭看我一眼，就只有一眼隨即低下頭，我好奇這女孩究竟背後有什麼故事，造就她現在的模樣呢？

二十五歲，正值錦瑟年華享受青春的年齡，而曾經是美髮師的她，如今看上去頭髮凌亂不堪、不修邊幅的外在，沉靜不發一語。凌亂的病床周邊，有床欄上的垃圾袋、床尾的便盆椅、床上桌堆滿水瓶、飲料空罐、吃一半的麵包、開著吃幾口的餐盒上面還橫躺著筷子……這些在在顯示她是一位沒有家屬、沒有朋友陪伴的病人。難道癌末的病人在自我放棄的同時，要如此沒有尊嚴地度過餘生的每一刻嗎？每每看著這樣的女孩、心裡滿滿的不捨，但我能替她做什麼呢？不知道耶！我真不想給她不切實際的鼓勵或是保證，說一些「妳會變好的」這種沒有未來邊際的話術。

在往後斷續照顧她的時間裡，我花了很多時間試圖讓她敞開心胸跟我溝通，突然，有一天她終於開了口說聲「謝謝」，也許她感受到我的善意，我嘗試問她：「妳有沒有想做什麼？想吃什麼？想坐輪椅去外面走走？還是……」她卻說了句：「我想香香的。」

我先是愣住三秒問道：「妳想洗澡？」她點了點頭，這下換我沉默了，在我的心裡造成一個不小的衝擊，原來她的願望是這麼渺小，就只是想洗個澡。對我來說，洗澡是件再輕鬆不過而且每天都在做的日常，對於她居然是個願望；面對這個小小的願望，我卻不能一口答應，我怕我答應她，而我做不到她會更加失望。在一個週末晴朗的午後，找了一個學妹小玥一起幫忙，全副武裝的我們前往病房想給小美一個驚喜，輕拍佝僂著背、休息中的小美說：「快起床，我們要來洗澡了。」她停頓一下小聲說出：「真的嗎？」眼睛突然發光，隨即低下頭又說了聲：「不要。」我問道：「為什麼？妳不是想洗澡嗎？」小美低著頭說：「我很重、妳搬不動我，而且太麻煩了。」我彎下腰笑著看她說：「我都準備好了，而且妳放心，我有帶小幫手。」小美沒有再拒絕，我們嘗試把她挪移下床到便盆椅上，推到浴室，用蓮蓬頭所噴出的溫暖的水幫她從頭到腳洗了個舒服的澡，我還跟她說：「洗個香香的貴妃浴。」過程中她默默地接受、沒有言語，但是可以看到她臉上表情及身體的放鬆，頓時我們心中是充滿快樂的，這就像是徐元傑的詩〈湖上〉：「花開紅樹亂鶯啼，草長平湖白鷺飛。風日晴和人意好，夕陽簫鼓幾船歸。」所形容的心情該是多麼舒暢啊！

再次照顧她的時候，這次她主動開口：「妳看，我這些相片妳覺得哪張好看？我哥哥叫我選這張，但我喜歡另一張。」我指了指，「我比較喜歡妳選的這張。」可能女生的眼光比較一樣，她說：「對嘛！這張比較好看，跟我有像嗎？那時還沒生病比較瘦一點、比較好看，這是要選來當遺照的相片，我哥哥說先叫我選好。」看著她，我沒說一句話，我沒辦法再說話了，只摸了摸她的頭。我再次約了小玥，幫她再洗了一次澡，從頭梳洗到腳，這次我們花了很多時間整理長髮，還留下一張合影，這次她笑著說：「謝謝妳們。」沒有過多的言語，但我感受到她發自內心真誠的感謝，而我當時的心情，好像完成了什麼豐功偉業般，開心地仰望著窗外的藍天。

當小美轉至心蓮病房兩天後，她去了天堂，完成她二十五歲的旅程。臺灣現代詩人洛夫以平靜的心情看待死亡，想像死亡是一次的遠行：「亡故／是一種純粹的遠行／是生命繁殖的另一過程」想想二十五歲的我們在做什麼？還在吃喝玩樂任意揮霍人生，她卻只能一個人承受無盡的病痛孤伶伶地離開。短暫的相處時間太短，我能為她做的太少，在醫療照護之外我們能用雙手做些什麼？當每位病人走入我們的照顧生涯，會堆疊我們照顧的經驗；當病人到天堂旅行之時，彷若也幫我們上了一堂寶貴的生命課程，為我們的生命塗上層層色彩。

難忘的手心溫度

江珮如．大林慈濟醫院公共傳播室

白濤在岸邊的礁石上激起細碎的浪花，美麗的海景讓人心曠神怡。剛踏入洪老師的家中，隨之映入眼簾的水墨畫作品，讓人為之驚豔。

八月二十一日那一天，是一個令人難忘的日子。一大清早，我與同事開著車前往洪老師南投草屯住家，她的丈夫蔡先生已經在家中等待我們到來，這一天的任務是將老師的作品帶回醫院，準備在八月三十日幫她圓滿義賣畫展的夢。

循著幽暗的樓梯直接上了三樓，大片落地窗讓光線毫無障礙的灑了進來，明亮的畫室裡整齊劃一的毛筆與各種繪圖工具安靜地躺在木桌上。牆面上掛著幾幅國畫，泛黃的畫紙、斑駁的畫框，看似已經完成許久。正當大家細細欣賞時，洪老師的兒子小孟也上樓來，隨後從另一個房間搬出更多畫作，並拿起抹布小心翼翼地將畫框上的灰塵擦拭乾淨，深怕弄傷了媽媽嘔心瀝血的畫作。這些畫對小孟來說可都是無價之寶，因為它們不只是媽媽的作品，同時更藏著無數彼此共同的回憶。

抹布擦拭、蓋上塑膠套、膠帶黏貼固定，每一個步驟，大家都細心做到最好，深怕等一下運載的過程中稍有不慎受到碰撞，便會造成畫作受損。

我們在包裝的過程中，不難發現作品的內容多半是壯闊無邊的海景。蔡先生感慨地看著這些累積了二十年以上的作品，長嘆了一聲說：「這些畫都是全家出遊後所拍下的照片，之後她再一筆一畫留下這些的美麗印記，可惜現在卻連拿筆的力氣都沒有了……」說到這裡，蔡先生的淚水忍不住奪眶而出。

拿起紙筆，洪老師以素描打起草稿，美景當前、靈光乍現，在二十幾年前，數位相機尚未普及的年代，老師都是隨手用紙筆記錄當下的感動，返回家中的畫室後，再一筆一畫細心地勾勒，每一幅畫都得要花上一個月的時間才能完成，即便現在有了相機，她依舊不改這項習慣。

踏遍各地景點，瀏覽各式風光，這些美麗的回憶透過洪老師的雙手，一筆一畫刻入了她的畫作中，成為一幅幅充滿回憶與靈魂的作品。

突然想起躺在病床上的洪老師說過：「回想起自己的水墨人生，還是最喜歡畫海，因為住南投不靠海，無法經常看到，而且海給人一種心胸寬廣的感覺。」

不可抗拒的無常

從新竹師範大學美勞教育學系畢業後，洪老師於南投某國民小學任教。熱心的她，除了是一位美術老師之外，因為學校人力不足的情況下，也身兼班級導師和行政人員。學校的同事都說，在學校總會看到洪老師為學生的事情忙進忙出的身影，甚至身兼午餐祕書、處理校務，為人謙遜又相當熱心，深受大家的喜愛。

因為細膩又盡責，對校方所委託的事情，絕不假手他人，這也讓忙碌但喜愛作畫的洪老師，只能利用寒暑假的空檔來作畫。然而，一場病痛來得又急又快，讓她不得不放下畫筆停止創作。

「奇怪，為什麼左眼總是有個黑影？」洪老師心裡納悶著。去年五月左眼的症狀讓她開始感到不對勁，一個月過去不但未見好轉，黑影還有擴大的情形，於是到了鄰近醫院就醫時，除了檢查眼睛，醫生也建議她，既然咳嗽半年多，就該盡快做肺部檢查。

沒想到，經過一連串的檢查，竟發現肺部有兩顆腫瘤，確診為肺腺癌。手術切除腫瘤之後，醫師曾多次強烈要求同時進行化療，但是洪老師說：「看太多書了，擔心副作用的影響，我的身體會受不了。」

吃不下、睡不著，罹患癌症加上視力退化，洪老師感到惶恐不安，整個人消瘦了一大圈。先生、孩子陪著她，醫院從中部看到了南部，無非就是想讓洪老師盡快康復，脫離病痛折磨，才能重拾畫筆。

但卻沒想到，近幾個月經常在半夜出現劇烈頭痛，讓洪老師難以入眠，右眼的視力也出現了模糊的現象，走路不穩身體偏右，經朋友介紹來到大林慈濟醫院就診，才發現腫瘤已轉移至腦部，情況不甚樂觀。

明白自己需要做積極的治療，洪老師決定在八月，從任教二十七年的國小退休，好好養病。

從事警察工作的蔡先生放下了陽剛的一面，為了能專注照顧心愛的太太而留職停薪一年，天天待在醫院陪伴接受電療的妻子，有時溫柔安撫妻子不安的情緒，有時講些貼心話逗她開心，試著盡自己一份力量幫太太舒緩治療後的不適。由於警察的職業屬性，讓他長年下來都無法好好陪伴家人，直到終於能朝夕相處，卻是另一半躺在病榻上無法清楚言語。

明白自己無法分擔太太的病痛，外表看似堅強的蔡先生說，看到她這個樣子，其實內心非常痛苦，很希望能為她做點什麼。

圓滿人生最後的夢

在住院前，大愛劇場《真心英雄》，上演楊麒麟警官為過世的大兒子舉辦畫展的故事。因為受到劇情影響，洪老師想起了家中的作品，放著惹灰塵，沒人欣賞很是可惜，若要送人，也不知道送誰、送哪一幅才好，若能透過畫展搭配義賣，不僅畫能讓人好好欣賞，收藏者會選擇買下自己喜歡的畫，義賣所得還能捐出去助人，讓這些畫增添了更深遠的存在價值。

雖然不是國際知名藝術家，但是本身也是南投美術協會的會員，洪老師的作品也曾參與過大大小小的展覽，除了一年一度由協會舉辦的美展之外，民國八十四年曾與朋友合夥舉辦雙人聯展，多次在全省美展入圍佳作，更在第一屆警察美展，拿下第三名的亮眼成績。

「計畫趕不上變化，變化趕不上老師的一句話。」蔡先生原本預計退休後要與太太踏上慈濟人間路、同行菩薩道，然而，老天卻投下一顆巨大的變化球，一場病破壞了原定的計畫。

知道太太萌生辦畫展的念頭，蔡先生將洪老師的想法告訴我，希望能尋求協助管道。

走進病房中，我禮貌的自我介紹：「老師好，我是公傳室的同仁。」只見躺在病床上瘦骨嶙峋、有氣無力的洪老師，用她纖細的手揮動著要我過去。隨後，我走到病床旁，突然在空中尋找目標的那隻手朝我而來，出乎意料的溫暖讓我捨不得放開：「不好意思，我的眼睛已經看不清楚了，所以只能靠觸覺來感受，我先生已經告訴我關於這次義賣畫展的事，後續有勞妳幫忙，讓我在人生的最後可以圓這個夢。」

雖是第一次見面，但洪老師的和藹可親卻讓我感到熟悉，那種感覺，彷彿是認識了多年的老朋友，彼此侃侃而談人生中的經歷、感觸。然而，當老師談到對於人生中的不捨，竟不是感嘆即將走到盡頭，更不是對家人的「放不下」，反而是覺得自己對於教育、社會貢獻不夠，有心無力的那份無奈讓她感到可惜。

談到此刻，我強忍住的淚水不停在眼眶裡打轉，老師無私的奉獻精神，不就是上人開示中所說的「用愛鋪路讓生命良能發光發熱」，那樣的願力是如此強大啊！

八月三十日在大林慈院大廳舉辦的開展典禮上，洪老師娓娓道來，關於這次畫展能順利舉辦的背後故事。

「這是一種很好延續愛的方式，為大家留下一個很好的典範。」開展前由陳金城副院長致詞，他讚揚洪老師願意將自己畢生的作品奉獻出來與大家結緣、回饋社會，很有慈悲心。

洪老師的主治醫師吳宗憲，則是與現場來賓分享老師如何面對病痛的勇敢過程，以及電療時的配合態度，預祝她在後續的化療能夠越來越順利。吳宗憲醫師也俏皮地說，原本只知道老師很會畫畫，真正看到作品才知道不得了，真的很棒。

現場，人人排成一列，滿心歡喜地獻上祝福。因為雙眼已經看不見，對於每位上前祝福的親友，洪老師都會以手輕輕撫摸他們的臉，除了接收來自各地的祝福，彷彿也告訴他們：「我很好，也很開心有你們在。」

從臺灣各地，甚至遠從加拿大而來的親朋好友與慈警隊的志工齊聚，有人送上一束鮮花、一個擁抱，慶賀畫展成功，有人則牽著手在洪老師耳邊喃喃細語，將祝福的話語輕輕的送入心扉。臺北慈警隊更是獻唱一首歌，感謝老師身為警眷，對家不離不棄的愛護，是生命中的鬥士，更是心中有愛的天使。

「謝謝大家！」插著鼻胃管，洪老師努力從口中緩慢地擠出這四個字，雖然費力，但卻一掃以往病懨懨的面容，臉上盡是幸福的笑容。這場畫展，在許多菩薩愛的祝福之下，圓滿地告一個段落，接下來，就等待愛心收藏家的現身，把喜歡的佳作收藏，也與洪老師一起散播愛的種子。

在死亡之前

李于欣・大林慈濟醫院臨床心理中心

在死亡之前的，是老年吧？「永遠不要試圖知道喪鐘為誰而響，它是為你而鳴。」（出自英國詩人約翰・多恩〈喪鐘為誰而鳴？〉）即便深知與死亡相依的是無常，世人仍用理性的手輕撫著自己胸口，甚而遮住眼耳。常言道生老病死，僅有在老了也病了，不得不直視死亡迫切近逼的陰影，周伯伯明亮的笑顏上即是為此黯淡幾分。

周伯伯學養深厚，一生作育英才，談笑間總讓人如沐春風，而「寬以待人，嚴以律己」則是教職體系下深受儒家文化薰陶的素養，是故周伯伯飲食作息自律，且常年輔以運動健體。自律帶來自由，周伯伯年過從心之年有八了，仍自如行動，僅因腰椎退化造成的痠痛而需定期至醫院接受復健。

但當新冠肺炎疫情升溫，周伯伯因應調整社交往來、暫停健身活動、減少戶外走動，閒暇時間長了，少了那些可分心的事務，聚焦在自己身上時，周伯伯突地驚覺雙親已相繼離世、兒女各自成家立業、志業功成身退，一生責任似已完結，一身只剩年老退化的筋骨和各處的痠痛。

「真的老了。」周伯伯嘆道「那死期也不遠矣吧！」周伯伯眼裡有遮掩不住的悵然和懼怕。周伯伯說他怕死，戀戀紅塵，妻賢子孝孫兒軟萌，他還眷戀世間一切美好，怎麼陽壽就有限呢？他轉頭回顧一生，稱不上功成名就，但自認俯仰無愧。當學生迷惘犯錯，周伯伯為人師表，循循善誘且耐心導正；當父母老年病痛時，周伯伯扛起長子責任守候病榻，曾感筋疲力竭卻仍盡心而為；當子女羽翼豐厚，周伯伯與妻子依偎過活，毅然放手讓孩子乘風飛翔。在人生路途中，周伯伯感謝妻子成就他沿途的風景。「我怕死，更怕她比我早死。」談到牽手，周伯伯羞赧地捎頭。恩愛夫妻，人言夫妻終是恩大過於愛，然我在周伯伯談論生死的掛念中卻看到同樣濃烈的愛與恩。周伯伯很愛妻子吧！

「嗯……依賴吧，我生活和心靈都很依賴她。」談情說愛周伯伯不擅長，面露侷促。如果死亡帶來分離，那你們兩個都死亡了之後呢？周伯伯一瞬亮起了眼睛，「是呀，我從來沒有想過，或許我現在可以開始想像死亡之後的事情。」還有在世時向妻子傾訴愛意呀！

周伯伯勤勉了一輩子，如今才知道原來死亡也是要努力去預備的。

最後一哩路 讓生命成為祝福

喜慈甫完成記憶功能檢測的測驗，她輕輕呼了一口氣，這是她每年最在意的失智症考試。認知能力都還維持得不錯呢！喜慈有點得意地笑了，像邀功的孩子似的，「我一三五上午游泳，二四六上午參加環保志工，持續鍛鍊身體和保持社會接觸，閒暇的日子我看書、讀經和拼拼圖，腦部的訓練也沒停。而助唸、回診和外出的活動，我現在會一一記錄在日曆上，這樣不會忘記約好的事情，也不須要別人提醒。」

退休後四年，喜慈發現自己變得健忘，騎出門買完菜後忘記腳踏車停靠的地點、時常忘記約定好的事務，且藥有無服用也記不太得。深怕記憶像流沙一樣，剎那即逝，喜慈預約了高齡整合門診，投身這場腦神經保衛戰。喜慈是模範患者，遵從醫囑也積極執行健康生活行為。如此強烈動機背後，除了因喜慈捍衛獨立生活的尊嚴，更為了不願拖累子女的那份愛。

「我照顧過失智的媽媽，身體和心靈上的勞累和磨難都太苦了。」喜慈口吻很平靜，但難掩眼底的波瀾。埋怨嗎？憤怒嗎？那段當照顧者的日子。「或許曾經吧，但留下更多是甘願與感恩，幸而能親身照料深愛的人。」那若真有一日你需要，你的兒子和女兒也該是這樣想吧！「我不曾懷疑孩子們會悉心照看我的心意，只是我更期勉自己是他人的依靠。這樣發願的同時好像也用一種延宕的方式，呵護著當年心力交瘁的女兒喜慈。『人老了戮力活得勇健，那你就可以好好休息了。』我一直反覆對女兒喜慈這樣說。」喜慈的神色溫柔，如日落的餘暉泛著絢麗的光芒。「我也簽署好器官和大體捐贈書，離開時我要衣袖揮揮不帶雲彩，在最後這一哩路我求我的生命成為一種祝福。」

在來不及之前

「『醫生醫生，醫～生～』患者聲聲叫喚聲中，呼喊著想要活下來的渴求。」安寧病房的張醫師剛送走一位癌症末期的患者。當患者許小姐癌症復發轉移，原醫治的醫院評估不適合接受抗癌治療，患者不願妥協，從屏東一路就醫遭拒，輾轉走離家鄉半個臺灣之遠來到大林慈濟醫院。急診的醫師審視許小姐病歷和身體狀況，當時血小板降到兩萬以下，全身都有自發性出血狀況，確實不是治療腫瘤的時間，而優先照會了安寧病房的醫師。

憑藉豐富的服務經驗，張醫師知道即便醫療系統步調急促、體系裡總有著搶快拯救生命的需求，但帶著慌亂和磨難來到跟前的許小姐，需要的是與她佇足在人生路口思考的人，一起穩下來。「住進來病房先緩和症狀，如果身體狀況允許了，我們再來討論接受治癒性的醫療方式呢？」一路兜兜轉轉、撞壁跌倒，竟在一個陌生異地中獲得接納，終有人聽進自己想要活下去的嘶喊，許小姐哭了，哭著答應了。

經過中西醫的聯合調理，許小姐竟開始吃得下也可以起身了，像施了魔法似的，許小姐挺著孱弱的身軀坐臥在病床、上下踢著腿。許小姐的姊姊和姊夫倍感振奮，他們說要回到原醫院影印許小姐的癌症病歷，回來慈濟醫院與團隊討論接下來積極治療的可能性。那日午後驟雨滂沱，許小姐的姊姊、姊夫仍堅定驅車返回國境之南。然而在他們離開不久後，許小姐血壓突地劇降，病情急轉至下。「是腫瘤侵犯到大血管，造成大出血。」張醫師施行了緊急處置，盡可能為其維生、緩解不適且聯繫著家屬儘快返回。

許小姐喘極了，胸口劇烈起伏，只為了吸入一口氣，因著全身使力，她瞪大雙眼表情猙獰，每一個濃厚的呼吸聲飽含不解與不甘。「我握著她的手，告訴她：『你已經夠努力了，是時候放下了。放過自己，去一個沒有病痛的地方吧！』」張醫師滿是心疼。生命的鬥士固然值得讓人尊敬，但當走過盡力而為的路，不能接受在生命面前終有力有未逮的時候，那份堅持恐成執念。許小姐的姊姊奔回病床前，對著嚥下最後一口氣的許小姐放聲嚎哭：「來不及了。」是來不及將病歷送回、抑或來不及道別？聞者皆為之悲切。

問一位安寧緩和醫師對於死亡準備的經驗與看法。嗯……應該是說善終準備。「哈，你還沒準備好面對死亡吧。」張醫師報以了然的笑容，緊接著道：「要協助他人做死亡準備，該自我反思對死亡的看法，建立自己對天人物我四個面向之關係，才能使用自己這四種面向的觀點與對方交流。」如果你沒有宗教、信仰、信念，你沒有生命存在的想法，如何交換碰撞他人的人生態度。死亡如同難以凝視的太陽，卻時刻照耀著，死亡的準備是一輩子的修行。

生命教育課題

一場車禍讓貝貝一夕失去了祖父母，同在車上的她倖存，而額頭一道長長的裂縫由整形科醫師細心地縫合。但心上的傷呢？貝貝的爸爸處在喪親的哀慟中，卻同時擔憂著創傷後寡言的貝貝。貝貝在病房時看到醫療人員就立即緊張地環抱著媽媽，但當使用遊戲做為交談的媒介，貝貝可以透過繪圖分享自己家住桃園、就讀企鵝班大班，並拿著玩偶和玩具車重演了當時的車禍狀況。

後來在遊戲中我們告知貝貝祖父母的死亡，嘗試讓五歲的貝貝理解永遠不會再看到祖父母了，但是貝貝所記得的那些祖父母的模樣和相處的點滴，都會一直留存心中。「爸爸媽媽都不讓我吃零食，但是阿公阿嬤接我放學後，我們都會一起偷偷買冰淇淋來吃。這是我們的祕密唷！」貝貝附在我耳邊神祕地說。彼時，我好似共享那份保守祕密的喜悅。「爸爸說：『阿公阿嬤沒有不見，他們會一直在我身邊陪我，只是我眼睛看不到了。』所以我想他們的時候可以捏捏他們給我的護身符，然後小聲在心裡跟他們說悄悄話唷！」

活著不只意味著軀體的存活。默溫的〈分離〉寫道：「你的不在已穿透了我，像線穿過針。我的行為都縫上了你的色彩。」浩威與父親感情甚篤，既親密也敬重。撇除父母對子女的物質供應，浩威父親對其在精神上的引領有不可取代的地位。「父親充滿智慧，能夠洞察我的脆弱和不足，引領我人生的方向。父親常懷慈悲，能指點我對事物的想法，成為我的楷模。」但當精神導師逐漸衰老了，浩威有些不安了。那父親害怕死亡嗎？「他不怕死，但他還想活，他有那麼多理想想實踐、有那麼多苦難想拯救、有那麼多愛想施灑。」那你能怎麼做？「我會活成他智慧而慈悲的樣子，那即是他生命的延續。」在死亡之前，註定面對不可抗拒的宿命；在死亡之前，卻握有選擇生命意義的自由。因為生命有限，所以活得充實；因為生命無限，所以終能再見。

台中慈濟醫院醫護常帶著阿信機器人（播音樂）進病房載歌載舞「愛拚才會贏」寬慰一位苦悶的阿嬤，阿嬤獲知可出院時，激動地緊抓著護理師的手，又哭又笑道感謝。

（圖 / 台中慈濟醫院吳美華提供）

國家圖書館出版品預行編目資料

愛在 COVID 蔓延時：最美的醫療人文. 3 / 慈濟四大志業同仁及志工著. -- 初版. -- 臺北市：經典雜誌，財團法人慈濟傳播人文志業基金會，2023.05
264 面；15×21 公分
ISBN 978-626-7205-42-6(平裝)
863.55　　　　112004215

愛在COVID蔓延時：最美的醫療人文3

作 者 群／慈濟四大志業同仁及志工
發 行 人／王端正
合心精進長／姚仁祿
傳 播 長／王志宏
徵文總策畫／慈濟醫療法人郭漢崇副執行長暨學術發展室
企劃、執行主編／慈濟醫療法人 曾慶方、楊金燕
執行編輯／慈濟醫療法人 沈健民
叢書主編／蔡文村
叢書編輯／何祺婷
美術指導／邱宇陞
資深美編／黃昭寧
校　　對／慈濟醫療法人人文傳播室 沈健民、吳宜芳、林芷儀
出 版 者／經典雜誌
　　　　　財團法人慈濟傳播人文志業基金會
地　　址／臺北市北投區立德路二號
電　　話／02-2898-9991
劃撥帳號／19924552
戶　　名／經典雜誌
製版印刷／軒承彩色印刷製版股份有限公司
經 銷 商／聯合發行股份有限公司
地　　址／新北市新店區寶橋路235巷6弄6號2樓
電　　話／02-2917-8022
出版日期／2023年5月初版
定　　價／新臺幣350元

ISBN 978-626-7205-42-6(平裝)
Printed in Taiwan

醫療
MEDICAL
人文